SARAH SAXX

Herzklopfen im Handgepäck

SARAH SAXX

Herzklopfen im Handgepäck

EINE ADVENTS-
ROMANCE
ZUM AUFREISSEN
IN 24 TEILEN

Pattloch

1. DEZEMBER – MERLE

Schau mal, ich glaube, dort vorne musst du abbiegen.« Steffy, die vor mir auf dem Beifahrersitz saß, zeigte auf ein Holzschild am Straßenrand, auf dem *Zur Zirbenzauber-Hütte* stand.

Lia machte ein zustimmendes Geräusch und setzte den Blinker, woraufhin wir langsam abbogen. Schnee knirschte unter den Reifen ihres Wagens, während die Scheibenwischer unablässig gegen die weißen Flocken ankämpften, die seit unserer Abfahrt in München ununterbrochen vom Himmel fielen. Je näher wir jedoch dem österreichischen Saalbach-Hinterglemm gekommen waren, desto stärker war der Schneefall geworden. Nicht nur einmal hatten wir auf der Fahrt hierher nervös gescherzt, wir würden in den Schneemassen stecken bleiben.

»Zum Glück ist es nicht mehr weit«, stieß Viola sichtlich erleichtert aus. Noch vor wenigen Minuten hatte sie so nervös ihre violette Wollmütze geknetet, dass ich befürchtete, das Teil würde sich unter ihren Fingern auflösen. Nun zog sie sie über ihre kinnlangen rotblonden Haare und sah zum Glück nicht mehr ganz so blass um die mit Sommersprossen übersäte Nase aus.

Erneut fuhren wir ein paar Serpentinen hinauf und passierten dann ein weiteres kurzes Waldstück. Der Schnee lag wie in einem Zuckerwattetraum auf den Tannen und drückte die Äste unter seinem Gewicht nach unten. Bestimmt war es bloß eine Frage der Zeit, bis sie unter den Massen der Schwerkraft nachgeben würden und der Schnee auf die Straße fiel.

»Wie gesagt, zur Not hätte ich Schneeketten im Auto«, wiederholte Lia. »Und ich weiß, wie man sie aufzieht.«

Was beruhigend klingen sollte, machte mich dennoch nervös. Denn sie hatte außerdem erwähnt, dass sie lediglich ein paar Videos dazu gesehen, das Montieren jedoch in der Praxis nicht ausprobiert hatte.

Doch ich wollte Viola nicht erneut beunruhigen, also schwieg ich.

»Und ich sag euch, dass uns bestimmt ein sexy Österreicher helfen würde. Als ich das letzte Mal hier Urlaub gemacht habe, waren alle so freundlich und hilfsbereit.« Steffy hielt sich am Sitz fest und sah über ihre Schulter zu uns nach hinten.

»Egal, wir haben es ja fast geschafft. Und bei unserer Heimfahrt nach Weihnachten haben wir hoffentlich besseres Wetter«, wandte ich ein, und die anderen stimmten zu.

»Das muss es sein.« Lia deutete auf eine Holzhütte vor uns, und schon kam erneut ein Wegweiser in Sicht, der ihre Vermutung bestätigte.

»Wie idyllisch es hier ist.« Steffy seufzte und ich reckte den Hals, um mehr erkennen zu können.

Kaum dass Lia den Wagen vor der Hütte geparkt und den Motor abgestellt hatte, stiegen wir aus.

»Los, sperr auf, Steffy!«, bat ich meine Freundin, die gleichzeitig meine Arbeitskollegin war. Den Schlüssel hatten wir auf dem Weg hierher vom Vermieter geholt. Steffy hatte sich im Vorfeld um die Reservierung gekümmert, auch wenn ihr jüngerer Bruder Jonas Initiator dieses Urlaubs war. Gemeinsam mit ihm und dem Rest unserer Freunde würde ich die nächsten Tage hier in dieser traumhaften Winterlandschaft verbringen und Weihnachten mit ihnen feiern.

Grundsätzlich war es überall besser als zu Hause, wo das Fest der Liebe jedes Jahr aufs Neue in einem gewaltigen Familienstreit ausartete, wenn mein Onkel wieder anfing, Papa zu beleidigen. Omas Versuche, die Wogen zu glätten, endeten meistens damit, dass sie mit Opa aneinandergeriet, der die Meinung vertrat, dass sich die Männer halt manchmal miteinander anlegen müssten, um sich wieder zu vertragen. Und wenn Mama versuchte, sich einzumischen und für Frieden zu sorgen, passierte in der Regel das genaue Gegenteil.

Deshalb habe ich Weihnachten noch nie gemocht. Dieses Jahr konnte es anders werden, zum ersten Mal – und darauf freute ich mich. Vor allem auch, da wir hier keinen Handyempfang hatten und ich wirklich ungestört die Zeit mit meinen Freunden genießen konnte.

Wir betraten die Veranda und warteten, bis Steffy die breite Holztür aufgeschlossen hatte. Mit einem leisen Knarren öffnete sie sich. In dem kleinen Windfang streiften wir unsere Stiefel ab und hängten die Jacken auf. Da die Hütte komplett aus Holz bestand, roch es herrlich, und ich konnte nicht anders, ich musste tief Luft holen, um den warmen Duft zu inhalieren.

»Ich liebe es hier jetzt schon.« Lia fuhr sich mit beiden Händen durch ihren schwarzen Pixie Cut und sah sich aufgeregt um.

Da war sie nicht die Einzige – ich war genauso verliebt in diesen Ort, der eine unvergleichliche Gemütlichkeit ausstrahlte. Ein großer massiver Esstisch stand in einer Ecke. Die Bänke waren weich gepolstert und luden ein, darauf zu sitzen und gemeinsam zu essen und zu plaudern. Die angrenzende Küche war so geräumig, dass mehrere Leute gleichzeitig kochen konnten, ohne sich gegenseitig auf die Füße zu treten. Und im Wohnbereich stand nicht nur eine breite, gemütlich wirkende Couch, sondern auch ein großer Kamin, vor dem ich mich schon jetzt lümmeln sah.

Ich folgte Viola durch eine der vier Türen, die vom Wohnraum abgingen, und fand mich in einem Schlafzimmer mit Doppelbett wieder. Angrenzend befand sich ein kleines Badezimmer – und wenn ich es richtig in Erinnerung hatte, verfügte jeder der Schlafräume über ein eigenes Bad.

Christmas

PLAYLIST

WHITE CHRISTMAS
KELLY CLARKSON

LAST CHRISTMAS
WHAM!

JINGLE BELLS
FRANK SINATRA

SNOWMAN
SIA

ROCKIN' AROUND THE CHRISTMAS TREE
BRENDA LEE

STILLE NACHT
EGBERT LEWARK BRASS ENSEMBLE

HAPPY XMAS (WAR IS OVER)
GABRIELLE APLIN

TWO QUEENS IN A KING-SIZED BED
GIRL IN RED

SANTA BABY
GWEN STEFANI

DECK THE HALLS
LIGHTS

»Ah, wie schön hier alles ist!« Viola strahlte mich an und ich konnte meine Begeisterung in ihrem Gesicht wiedererkennen. »Ich glaube, Finn und ich nehmen dieses Zimmer.« Die beiden waren das einzige Paar in unserer Gruppe und seit zwei Jahren verliebt wie am ersten Tag.

Ich wollte gerade erwidern, dass das für mich völlig okay war, als lautes Lachen aus einem der Nebenzimmer zu uns drang.

Viola und ich sahen uns an, ehe wir uns auf die Suche nach der Quelle machten. Steffy lag im Zimmer schräg gegenüber in einem großen Doppelbett und amüsierte sich noch immer. Denn es war kein gewöhnliches Doppelbett, sondern eine Stockbettvariante davon.

Nun musste ich ebenfalls grinsen. »Habt ihr so etwas schon einmal gesehen?«, fragte ich und umrundete das gigantische Bettgestell.

»Nein, noch nie. Aber das würde doch perfekt für uns drei Mädels passen, oder nicht? Dann muss keine von uns allein schlafen«, meinte Lia begeistert. »Das ist wie damals im Ferienlager.«

»Ich will oben liegen!«, rief Steffy, und ich fühlte mich langsam, aber sicher wirklich wie bei einer Klassenfahrt.

Lia schaute mich unsicher an. »Ist es okay, wenn ich auch oben schlafe? Ich bekomme bei Stockbetten unten immer so ein beklemmendes Gefühl.« Beim Gedanken daran schüttelte sie sich.

Stirnrunzelnd betrachtete ich die gigantische Konstruktion, die wirklich massiv aussah. »Oh, okay. Klar, mir ist es gleich, ich kann gerne das untere Bett nehmen.«

»Danke.« Erleichtert atmete Lia auf und drückte kurz meine Hand.

»Dann lasst uns mal unsere Sachen in die Hütte schaffen, würde ich sagen, oder?« Viola hatte uns vom Türrahmen aus zugesehen.

Zustimmend machten wir uns auf den Weg nach draußen, wo die dicken Flocken weiterhin vom Himmel fielen.

So schnell wir konnten, luden wir das Gepäck aus und brachten alles in unser Feriendomizil.

Wir hatten nicht nur Klamotten eingepackt, sondern auch beschlossen, Dekokram mitzubringen, um die Hütte weihnachtlich zu schmücken. Außerdem wollten wir einen Tannenbaum kaufen und auch dafür hatten wir Weihnachtsschmuck mitgebracht sowie einige Gewürze und Kochutensilien für unser Weihnachtsdinner.

»Hat wer von euch eine Ahnung, wie man Feuer im Kamin macht?« Fragend sah Lia in die Runde, während sie in ihre Hände pustete und sie aneinanderrieb. So ganz ohne Jacke, Schal und Mütze war es in der Hütte kälter als erwartet.

»Ja, klar, ich kümmere mich darum, meine Eltern

haben auch so einen Kamin«, sagte ich und sah mich nach Anzünder um, die ich auf dem Kaminsims fand.

Neben dem Kaminbesteck stand ein großer Weidenkorb bereit, der mit Holzscheiten gefüllt war. Und draußen auf der überdachten Veranda war eine weitere Ladung Holz gestapelt, die vermutlich für mehrere Wochen reichte.

Während ich mich also darum kümmerte, dass wir hier nicht erfroren, inspizierte Lia die Küchenausstattung und erstellte eine Einkaufsliste mit Lebensmitteln. Viola hatte inzwischen begonnen, die erste Kiste mit den Dekosachen auszupacken. Der zweite Karton befand sich in Jonas' Wagen. Hoffentlich hatte er nicht vergessen, ihn einzupacken. Ansonsten würden wir beim Schmücken des Weihnachtsbaumes improvisieren müssen. Aber selbst dieser Gedanke konnte meine Freude auf die kommenden Tage nicht trüben.

»Steffy, hast du schon deine Soundbox ausgepackt?«, fragte ich und legte zwei Holzscheite in den Kamin, auf die ich die Kaminanzünder und darauf weiteres Anzündholz platzierte.

»Noch nicht, mache ich aber gleich.« In Windeseile flocht sie ihre blonden Haare zu einem lockeren Zopf und band ihn mit dem Haarband zusammen, das sie immer an ihrem Handgelenk trug. »Ich hab eine Menge Playlists heruntergeladen, du kannst gerne eine auswählen«, bot sie an und reichte mir ihr Handy.

»Eine weihnachtliche!« Das kam von Viola.

»Klar, als würde ich mich trauen, etwas anderes auszusuchen«, erwiderte ich amüsiert. Immerhin pfiff und summte unser Küken schon die ganze Zeit *White Christmas* vor sich hin.

»Wann kommt eigentlich der Rest der Truppe an?«, fragte Lia.

»Sie müssten gleich eintreffen«, meinte Viola und zog ihr Handy aus der Gesäßtasche, um einen Blick darauf zu werfen. »Ja, vor ungefähr einer Viertelstunde hat mir Finn geschrieben, dass sie keine zwanzig Minuten mehr unterwegs sind.«

»Sehr gut, dann kann ich die Einkaufsliste mit ihnen absprechen. Bestimmt haben die Herren noch Sonderwünsche. Haben sie ja immer.« Lia rollte mit den Augen und grinste.

»Finn mag immer diese Schokoflocken zum Frühstück. Vielleicht hat er sie ja eingepackt, aber vermutlich nicht«, meinte Viola und quietschte begeistert auf, als ich *White Christmas* von Kelly Clarkson auf Steffys Handy startete und der Song über die Soundbox abgespielt wurde.

Und noch bevor wir das Essensthema vertiefen konnten, heulte draußen ein Motor auf, der das Eintreffen der restlichen Truppe ankündigte.

2. DEZEMBER – MERLE

Als die Jungs eintrafen, waren Steffy und Viola die Ersten bei der Tür, um sie zu begrüßen.

Lia und ich warfen uns einen verschmitzten Blick zu und schlossen uns ihnen an. Ich fand es unglaublich süß, wie verliebt meine Freundin nach wie vor war. Finn war echt ein toller Mann. Er strahlte eine Ruhe aus, die die quirlige Kindergartenpädagogin erdete.

Kennengelernt hatten sich die beiden sogar im Kindergarten, als Finn, der als Tischler arbeitete, mit seinen Kollegen vor Ort gewesen war und eine neue Spielküche eingebaut hatte. Bereits am ersten Tag hatte er sie um ein Date gebeten und seitdem schwebten die zwei auf Wolke Sieben.

Als Finn auf die Hütte zuging, seine Sporttasche lässig geschultert, eilte sie ihm in Wollsocken bis zum Ende der Veranda entgegen und fiel ihm um den Hals. Er lachte und zog sich die Mütze von seinen kinnlangen braunen Haaren, während Viola ihn zärtlich an seinem bärtigen Kinn packte und zu einem Kuss zu sich herabzog.

Steffy hingegen quatschte sofort auf ihren Bruder Jonas ein. »Ich hoffe, du hast die Dekokiste mit. Wir haben schon alles in der Hütte und neben der Couch wäre der perfekte Platz für den Weihnachtsbaum.«

»Hey, ich bin ja kein Idiot«, brummte er, woraufhin er sich einen sanften Fausthieb gegen den Oberarm von seiner Schwester einhandelte.

Er nahm seine Brille ab, um die geschmolzenen Schneeflocken auf den Gläsern mit einem Ärmel seines Shirts wegzuwischen, und schaute sich dann in der Hütte um. »Nice. Hier lässt es sich aushalten.«

»Na, das will ich hoffen. Beschwerden gibt es nicht, nur Lob und Anerkennung.« Steffy sah ihn herausfordernd an, während sich Henry an den beiden vorbeischob und sich umsah. Dass er Sportwissenschaftler war, konnte er mit seinen breiten Schultern echt nicht leugnen. Auch seine Größe von über einem Meter neunzig machte ihn zu einem Blickfang. Mit seinen kurz geschorenen Haaren und dem gepflegten Vollbart war er wirklich eine Augenweide. So viel Potenzial für einen guten Flirt, aber zwischen ihm und mir hat es leider nie gefunkt. Ich mochte ihn sehr, allerdings nur auf freundschaftlicher Ebene. Und ich war mir sicher, dass er es genauso sah.

»Sieht gut aus hier«, meinte er anerkennend an Steffy gewandt, die ihm ein breites Lächeln schenkte – vermutlich, um Jonas zu ärgern und ihm zu zeigen, wie es aussah, wenn jemand ihre Entscheidung für diese Hütte schätzte. »Gibt es schon eine Zimmereinteilung?«

»Ja, wir Mädels liegen im Zimmer mit dem Hochbett. Aber ich kann mir auch ein Bett mit dir teilen«, schlug Steffy mit einem provokanten Augenaufschlag in Henrys Richtung vor, was Finn mit lautem Lachen quittierte.

Henry grinste ebenfalls.

»Auf gar keinen Fall!« Drohend sah Jonas von Steffy zu seinem besten Freund. »Finger weg von meiner Schwester!«

Henry rollte amüsiert mit den Augen. »Bleib locker, Mann!«

»Ich teile mir mit Henry ein Zimmer«, erklärte Jonas entschlossen und schob den beiden damit endgültig einen Riegel vor.

Es war nicht das erste Mal, dass Steffy und Henry anzügliche Andeutungen fallenließen – und ich war mir nicht sicher, ob sie es nur taten, um Jonas zu ärgern. So oder so sorgte es jedes Mal für eine Menge Belustigung unter uns. Und Jonas nahm es ihnen zum Glück nicht allzu übel, dass sie ihn ständig damit auf die Schippe nahmen.

»Für uns beide habe ich dieses Zimmer ausgesucht«, raunte Viola Finn ins Ohr und zeigte auf den Raum nebenan.

»Gut, dass die Badezimmer als Schalldämpfer zwischen eurem und den anderen Schlafräumen liegen«, meinte Jonas und stieß Henry grinsend in die Seite.

Viola schnaubte. »Ihr seid doof.« Dann zog sie Finn in ihr gemeinsames Zimmer und schloss die Tür hinter sich, was ihnen ein lautes Lachen von uns allen einbrachte.

»Okay, dann bekommt Lucas ja auch ein eigenes Zimmer und muss nicht auf der Couch schlafen«, meinte Jonas schließlich, als er einen Blick in unser Hochbett-Zimmer warf.

»Was? Lucas?« Steffy starrte ihren Bruder verwirrt an und Lia wirkte genauso irritiert wie ich.

»Ja, ich habe ihn gestern spontan hierher eingeladen«, erklärte Jonas.

»Du hast … was?« Steffy holte energisch Luft, um eine Schimpftirade auf ihren Bruder loszulassen.

Dieser bedeutete ihr allerdings mit einer Hand, sich zu beruhigen. »Komm schon, das ist doch kein Problem. Hier ist schließlich Platz für bis zu zehn Personen. Und ihr kennt ihn alle – zumindest vom Sehen. Abgesehen davon ist er echt cool, also reg dich ab. Er wäre sonst über Weihnachten ganz allein.«

Angestrengt überlegte ich, ob ich diesen Lucas ebenfalls kannte, aber ich konnte mich gerade an keinen von Jonas' Freunden erinnern, der so hieß.

»Und wann kommt er?«, bohrte Steffy nach, immer noch leicht angesäuert.

»Jetzt.« Mit einem Grinsen auf den Lippen deutete Jonas in Richtung Tür. Nun hörte ich auch den Wagen, der eben vor der Hütte hielt. Neugierig ging ich zum Fenster. Doch als sich die Fahrertür öffnete und ich den Mann erkannte, der ausstieg, setzte mein Herz einen Schlag aus und ich stieß ein heiseres »Nein!« hervor.

3. DEZEMBER - LUCAS

Erleichtert atmete ich auf, als ich endlich vor der Hütte zum Stehen kam. Die Fahrt hierher war echt grenzwertig gewesen mit dem heftigen Schneefall. Nicht nur einmal hatte ich überlegt, Jonas anzurufen und ihm zu sagen, dass ich mich umentschieden und gewendet hätte. Aber andererseits war es nur Schnee. Wieso sollte ich mich davon aufhalten lassen? Zu Hause erwartete mich eine leere Wohnung und die triste Vorstellung, die Feiertage allein zu verbringen. Meine Eltern waren vor vier Tagen nach Thailand aufgebrochen und würden erst im Januar zurückkommen. Den Urlaub hatten sie vor einem Jahr gebucht. Damals, als Ella noch ein Teil meines Lebens gewesen war. Bis sie letztes Silvester gemeint hatte, dass sie nichts mehr für mich empfand, und sich deshalb von mir trennte. Und das, nachdem wir bereits viereinhalb Jahre ein Paar gewesen waren und ich dachte, dass sie die Eine sei. Nur wenige Monate später nach ihrem Schlussstrich hatte ich sie ganz zufällig mit ihrem Neuen gesehen. Völlig selbstverständlich war sie mit ihm ins *KaleidosCup*, das Café, in dem ich arbeitete, spaziert – das war ein herber Schlag ins Gesicht gewesen.

Wenige Tage, nachdem ich ihn mit Ella gesehen hatte, war er wieder gekommen – diesmal allein. Vermutlich dachte er, das *KaleidosCup* zu seinem neuen Stammlokal machen zu können.

Doch zu dem Zeitpunkt war mir bereits etwas Essentielles klargeworden: Der Typ war natürlich *sicher nicht* der Grund für unsere Trennung gewesen. Genauso sicher, wie ich *nicht* mit Absicht den Frappuccino aus meiner Hand gleiten ließ, bevor er ihn hätte greifen können. Seitdem ging er mir zum Glück aus dem Weg.

Inzwischen war mir die Sache egal.

Es hatte jedoch wehgetan, als mir vor Kurzem bewusst geworden war, dass ich das erste Mal seit Jahren Weihnachten allein verbringen würde. Bis Jonas gestern am letzten Arbeitstag vor meinem Urlaub im *KaleidosCup* aufgetaucht war und von diesem Ausflug mit der Truppe erzählt hatte. Vermutlich hatte er mir angesehen, dass ich einen Tapetenwechsel dringend nötig hatte, und hatte mich deshalb hierher eingeladen.

Ich stieg aus und ließ meinen Blick kurz über die große Hütte schweifen, ehe ich mit dem Koffer in der Hand auf den Eingang zumarschierte.

Die Tür wurde mir von Jonas geöffnet, noch bevor ich hätte anklopfen können.

»Jo, Mann, schön, dass du da bist, komm rein in die gute Stube.« Seine blonden Locken sahen zerzaust aus, und die Pfützen unter den im Windfang abgestellten

Schuhen verrieten, dass die anderen auch gerade erst angekommen sein mussten.

Ich ließ mir von Henry, der hinter Jonas auftauchte, den Koffer abnehmen. Mein Kumpel begrüßte mich mit demselben Handschlag, den wir immer tauschten, wenn wir uns im Fitnesscenter trafen oder er ins *KaleidosCup* kam.

Im Anschluss zog mich Jonas' große Schwester Steffy in eine freundschaftliche Umarmung.

»Hi, ich bin Lia.« Eine kleine Frau mit schwarzen kurzen Haaren tauchte vor mir auf und reichte mir mit interessiertem Augenaufschlag die Hand.

»Lucas«, stellte ich mich ihr vor, ehe ich meine Aufmerksamkeit auf die fünfte Person im Raum richtete.

Sofort rumpelte es in meiner Brust, als ich in das hübsche, von wilden braunen Locken eingerahmte Gesicht sah, das ich unter tausenden wiedererkennen würde. Merle war eine von Steffys Freundinnen und bis vor einigen Monaten ebenfalls des Öfteren im *KaleidosCup* gewesen. Als ich sie das letzte Mal dort gesehen hatte, hatten ihre hellblauen Augen mich strahlend angesehen und ihr Mund hatte ein hübsches Lächeln gezeigt. Lange Zeit war sie mir nicht aus dem Kopf gegangen, doch ich nahm an, dass sie sich ein anderes Stammcafé gesucht hatte. Denn ihre Arbeitsstelle hatte sie nicht gewechselt, wie ich von Steffy wusste. Umso mehr hatte ich mich gefreut, sie jetzt endlich wiederzusehen.

Heute jedoch starrte Merle mich mit einer Mischung aus Entrüstung und Wut an. Ich konnte mir allerdings keinen Reim darauf machen. Zuletzt hatte sie mit ihren Blicken und Worten – so hatte ich es jedenfalls aufgefasst – Interesse an mir gezeigt. Doch davon war jetzt nichts mehr zu spüren. Im Gegenteil. Wenn Blicke töten könnten …

Bevor ich jedoch darauf hätte eingehen können, ging hinter mir die Tür auf, und Finn kam mit Viola aus einem der Schlafräume heraus, wobei sie ziemlich zerzaust aussah. Ihre Wangen hatten dieselbe rote Farbe angenommen wie ihre Haare und während sie sich verlegen auf die Unterlippe biss, prangte ein breites Grinsen in Finns Gesicht. Was auch immer die beiden da drinnen getan hatten …

»Hey, du bist da!« Finn zog mich in eine halbe Umarmung.

»Gerade angekommen. Hi, Viola.«

»Hey, Lucas, mir hat gar niemand gesagt, dass du auch kommst. Wie schön.« Sie drückte mich kurz an sich. Die beiden hatten mitbekommen, wie mies es mir nach der Trennung von Ella ergangen war. Sie wussten außerdem, dass ich mich nicht sonderlich auf die Feiertage gefreut hatte, weil ich nicht allein sein wollte.

Erneut linste ich zu Merle, aber ihr Blick war nach wie vor eisig – ehe sie auf dem Absatz umdrehte und unter dem Vorwand, ihre Sachen auszupacken, in einem der Zimmer verschwand.

Stirnrunzelnd schaute ich ihr hinterher, wurde allerdings abgelenkt, als Jonas Anstalten machte, den Fernseher einzuschalten. »Nix da, der bleibt aus, wir haben einiges zu tun«, funkte Lia ihm dazwischen. »Ich habe eine Einkaufsliste geschrieben und ihr müsst mir sagen, was ihr noch fürs Frühstück und Abendbrot braucht. Danach teilen wir uns auf und fahren in den Supermarkt beziehungsweise in den Baumarkt, bevor die Straßen nicht mehr befahrbar sind.«

»Was brauchen wir vom Baumarkt?«, erkundigte ich mich irritiert.

»Einen Weihnachtsbaum.« Das kam von Viola und Jonas gleichzeitig, wobei sie enthusiastisch klang, mein Kumpel hingegen grimmig.

»Hey, hör auf, hier den Grinch zu spielen«, mischte sich sofort Steffy ein. »Wir sind hier, um das bombastischste Weihnachten zu feiern, das wir je erlebt haben. Also wird weder an Deko noch an leckerem Essen gespart. Und nein, das Ganze artet nicht in einem wilden Besäufnis aus, Jungs«, mahnte sie mit strengem Blick in unsere Richtung.

Jonas und Finn brummten etwas Unverständliches, wohingegen Henry sowieso nichts trank, wie ich aus Erfahrung wusste.

Abwehrend und unschuldig zugleich hob ich die Hände. Falls es was zu trinken gab, würde ich nicht nein sagen, aber ich brauchte keinen Alkohol, um Spaß zu haben. Und mit dieser Truppe würde es garantiert genug davon geben.

Lia winkte uns an den großen Esstisch, und innerhalb kürzester Zeit wurde besprochen, was noch alles eingekauft werden musste. Wobei ihre bereits bestehende Liste schon echt gut ausgereift war.

»Arbeitest du in der Küche oder bist du in einer Großfamilie aufgewachsen?«, wandte ich mich an sie, kaum dass sie den Stift zufrieden beiseitegelegt hatte.

»Nein, ich habe nur eine Schwester und bin Krankenschwester. Aber ich koche gern für Freunde und bin allgemein als Organisationsfreak bekannt.«

»O ja!« Steffy verdrehte amüsiert schnaubend die Augen, was ihr einen Ellenbogenknuff von ihrer Freundin einbrachte.

»Nicht schlecht«, gab ich beeindruckt zu. Ich war selbst jemand, der Ordnung und Struktur bei der Arbeit schätzte. »Dann hast du dir sicher schon überlegt, was wir an Weihnachten kochen.«

Sie nickte eifrig und mir entging nicht, dass ihre Augen glänzten. »Ja, damit hast du tatsächlich recht.« Mit diesen Worten zog sie ein weiteres Stück Papier aus der Handtasche, die auf der Sitzbank abgestellt war, und faltete es auseinander. »Dafür habe ich auch schon eine Einkaufsliste erstellt. Das Fleisch für den Putenrollbraten werde ich bereits heute im Supermarkt bestellen. Ich kann nicht riskieren, dass wir dann nichts mehr bekommen.«

»Putenrollbraten?« Henry zog die Nase kraus.

»Keine Sorge, für diejenigen, die kein Fleisch essen, habe ich natürlich auch etwas überlegt. Ich habe an einen gefüllten Butternut-Kürbis gedacht, was sagt ihr dazu?«

»Danke, das klingt großartig.« Henry knuffte Lia in die Seite.

Auch Viola lächelte ihre Freundin an. »Lieb von dir, dass du bei deiner Planung an Henry und mich gedacht hast.«

»Du kannst deine Sachen übrigens in dieses Zimmer packen.« Jonas stupste mich an und zeigte auf die offen stehende Tür neben der, durch die Merle verschwunden war.

Knapp nickte ich und griff nach meinem Koffer, den Henry neben einem der Stühle abgestellt hatte.

»Du hast das Zimmer für dich, wobei …« Unschlüssig wanderte Jonas' Blick von mir zu Steffy und Lia. »Vielleicht wäre es besser, wenn du es dir mit Henry teilst.«

Verwirrt schaute ich ihn an, während Steffy schnaubend die Arme vor der Brust verschränkte und Lia mit den Augen rollte. Henry hingegen schob mich kopfschüttelnd in Richtung des mir zugewiesenen Zimmers.

»Vergiss, was er gesagt hat«, murrte Steffy und funkelte gleichzeitig ihren Bruder an.

»Hä?«, machte ich, doch als Antwort bekam ich lediglich ein Kopfschütteln von Jonas.

»Er spielt den Anstandswauwau und will verhindern, dass wir die Frauen in unsere Betten locken«, erklärte Henry lässig. »Dabei stellt sich die Frage, wem er hier nicht vertraut – uns oder Lia, Merle und Steffy?« Er zwinkerte Steffy zu, die sich augenblicklich verlegen auf die Unterlippe biss.

Grinsend schüttelte ich den Kopf. »Also ich liege seit Monaten allein in einem Doppelbett, das ich in voller Breite für mich beanspruche. Grundsätzlich teile ich mein Bett gerne mit jemandem, fürchte allerdings, dass die Person um ihren Schlaf kommen wird. Und das nicht im positiven Sinne.« Zwar entsprach das nicht ganz der Wahrheit – ich schlief ausschließlich auf meiner Seite der Doppelmatratze –, aber ich hatte nichts gegen ein eigenes Zimmer. Noch dazu, da ich mich ein wenig wie ein Eindringling in dieser Runde fühlte, auch wenn Jonas mir versichert hatte, dass dies garantiert nicht der Fall sei. Doch mein Empfinden ließ sich nicht einfach so abstellen, immerhin war das hier ein eingeschworener Freundeskreis. Zwar verstand ich mich gut mit meinen Kumpels, dennoch gehörte ich nicht dazu wie die anderen. Lia kannte ich bisher nur vom Sehen. Und Merle hatte mich vorhin mit ihren Augen beinahe erdolcht. Nach wie vor war sie auf dem Zimmer und als ich in meinem verschwand, um den Koffer für die kommenden Tage auszupacken, zermarterte ich mir weiter den Kopf darüber, was ich ihr getan haben könnte …

4. DEZEMBER – MERLE

Mit zittrigen Fingern fädelte ich die Seidenbluse, die ich für Heiligabend eingepackt hatte, auf einen Kleiderbügel. Als ich ihn kräftig auf die Stange knallte, rutschte das Oberteil beinahe wieder herunter, und ich unterdrückte ein Fluchen.

Nach wie vor konnte ich nicht fassen, dass ausgerechnet Lucas hierher eingeladen worden war. Fast hätte ich etwas gesagt, das ich irgendwann bereuen würde. Deshalb hatte ich mich aufs Zimmer geflüchtet, weil … weil … Gott, wieso war Lucas hier? Lucas! Als Jonas vorhin den Namen erwähnt hatte, hatte ich nicht schnell genug kombiniert, dass er gemeint war. Und selbst wenn, was hätte ich machen sollen? Ihnen sagen, dass ich die nächsten Tage nicht mit ihm hier verbringen wollte? Niemand wusste, was vor ein paar Monaten zwischen uns beiden passiert war. Mir wurde immer noch übel, wenn ich daran dachte. Nachträglich wünschte ich, ich hätte in der Situation tougher reagiert. Doch selbst dann würde ich mich nicht in seiner Nähe aufhalten wollen. Nicht umsonst mied ich seit acht Monaten das *Kaleidos-Cup*. Und hey, dieser Verzicht tat in mehrerlei Hinsicht weh. Schließlich gab es dort die besten Matcha Latte und Chai Latte von ganz München. Es war auch mein Lieblingscafé gewesen, und ich wusste, dass meine Freunde es nach wie vor gerne besuchten. Immerhin lag es gegenüber dem Fitnessstudio, in dem die Jungs trainierten, und die Werbeagentur, in der Steffy und ich arbeiteten, lag auch nur ein paar Straßen weiter. Meine kleine Notlüge, dass mir dort mal ein ekeliger Matcha verkauft worden war, von dem ich Bauchschmerzen bekommen hatte, und ich deshalb nicht mehr hingehen wollte, hatten mir zumindest alle abgekauft.

Zwar hatte Steffy zweimal versucht, mich zu überzeugen, dass es ein unglücklicher Zufall gewesen sein musste, doch ich war standhaft geblieben und sie hatte mich seitdem in Ruhe gelassen.

Aber Lucas … hier, mit mir unter einem Dach! Für fünf Tage! Sechs, wenn man den Abreisetag mitzählte.

Mein Gott, ich konnte mich nicht die ganze Zeit über auf dem Zimmer verschanzen, ich brauchte einen Plan …

Was, wenn ich vortäuschte, dass es mir nicht gut ging? Allerdings konnte ich Lia unmöglich bitten, mich nach Hause zu fahren. Aber zum nächsten Bahnhof, das wäre eine Idee. Doch dann würde Hannah, meine Mitbewohnerin, die keine Geheimnisse für sich behalten konnte, ihrer Mama erzählen, dass ich zurück war – und diese würde es meinen Eltern stecken, da sie gut befreundet waren. Das würde bedeuten, dass ich Heiligabend doch mit der Familie verbringen würde – und damit war ich an dem Punkt, an dem ich abwägen musste, was das größere Übel war: Weihnachten mit Lucas oder inmitten des Familienstreits.

Meine Grübeleien wurden unterbrochen, als hinter mir die Tür aufging. Vor Schreck wirbelte ich herum und atmete erleichtert auf, als ich Lia und Steffy sah. Nicht auszudenken, was ich getan hätte, wenn Lucas hereinspaziert wäre, um mich auf mein seltsames, unhöfliches Verhalten anzusprechen.

Mein Blick huschte zum Fenster, aber das hätte ich nicht schnell genug aufbekommen – mal davon abgesehen, dass es mehr als lächerlich gewesen wäre, hinaus in den Schneesturm zu flüchten.

»Alles okay mit dir?«, erkundigte sich Lia mit besorgter Miene. Auch Steffy kam auf mich zu und legte ihre Hand an meinen Oberarm.

»Ja, ich … mir ist nur von einer Sekunde auf die andere schlecht gewesen.« Das war nicht einmal gelogen.

»O nein, wie doof. Hast du was Falsches gegessen?« Steffy zog mich auf mein Bett und setzte sich neben mich. »Du hast sicher was gegen Übelkeit im Gepäck, oder?«, wandte sie sich an Lia.

Diese seufzte. »Nur weil ich Krankenschwester bin, habe ich nicht eine ganze Apotheke mit«, brummelte sie, begann aber in ihren Sachen zu wühlen. »Allerdings habt ihr Glück, ein Antihistaminikum habe ich tatsächlich eingepackt.« Sie hielt mir eine Tablettenpackung entgegen.

»Danke, ich … es geht schon wieder. Keine Ahnung, das kam ganz plötzlich und ist genauso schnell verflogen.« Ich versuchte mich an einem Lächeln und hoffte, dass meine Freundinnen mir die kleine Notlüge abkauften. Das konnte ich wirklich nicht auf Dauer durchziehen, egal, ob ich Übelkeit oder sonstige Beschwerden als Vorwand nannte, um Lucas aus dem Weg zu gehen. Lia würde mich spätestens morgen zu einem Arzt oder in ein Krankenhaus bringen, und davor würde sie mir sämtliche ihr verfügbaren Medikamente einflößen, die bei meinen angeblichen Wehwehchen helfen würden.

»Bist du dir sicher?« Steffy wirkte nicht überzeugt. »Willst du auf unsere Einkaufstrips lieber verzichten? Finn kommt zusammen mit Lia mit in den Supermarkt und hilft tragen, und für den Baum sind wir auch genug Leute. Es wäre also nicht schlimm. Vielleicht möchtest du dich hinlegen und …«

»Nein, alles gut. Ich komme mit.« Lucas würde also entweder die anderen in den Baumarkt begleiten oder hier bleiben – ich hätte demnach mindestens eine

Gefüllter Butternut-Kürbis

Zutaten

1 mittelgroßer Butternut-Kürbis
100 g Quinoa, bunt
1 Zwiebel, fein gewürfelt
2 Knoblauchzehen, fein gewürfelt
200 g Kichererbsen aus der Dose, ohne Flüssigkeit und abgewaschen
4 Feigen, gewürfelt - frisch oder getrocknet
½ TL Kardamom, gemahlen
1 TL Umami-Gewürz (optional)
1 TL Agavendicksaft
100 g Maronen, essfertig, geschält und geviertelt
Saft einer halben Orange
Granatapfelkerne
20 g Walnusskernstücke
Meersalz
Pfeffer
Olivenöl

Zubereitung

Heize den Backofen auf 180 °C Umluft vor. Halbiere den ungeschälten, gewaschenen Kürbis längs, entkerne ihn und höhle mit Messer und Löffel etwas mehr vom Fleisch aus. Schneide je eine dünne Scheibe unten an den halbierten Kürbishälften ab, damit diese gerade aufliegen und nicht wegrollen.

Würfle das ausgehöhlte Kürbisfleisch und gib es gemeinsam mit den Kürbishälften auf ein Backblech. Beträufle beides mit Olivenöl und backe es für ca. 30-40 Minuten im Ofen. Nimm die Würfel schon nach 20 Minuten aus dem Ofen. Koche währenddessen Quinoa nach der Packungsanleitung.

Für die Füllung dünste die Zwiebel zusammen mit dem Knoblauch bei mittlerer Hitze in einer Pfanne mit etwas Öl. Gib die Kichererbsen, Feigen und Kürbiswürfel bei, menge Kardamom, Umami-Gewürz und Agavendicksaft unter und schmecke sie mit Salz und Pfeffer ab.

Gib die Maronen hinzu und lösche das Ganze mit Orangensaft ab. Lasse es kurz köcheln und rühre dann Quinoa unter.

Verteile die Füllung in die Butternut-Hälften und bestreue sie mit Granatapfelkernen und Walnusskernstücken.

Stunde überbrückt, in der wir uns nicht über den Weg liefen.

Das war ein guter Plan – vielleicht würde ich es auf diese Weise schaffen, ihm aus dem Weg zu gehen. Wir würden immerhin nicht jeden Tag rund um die Uhr zu acht aufeinanderhocken und alles gemeinsam unternehmen. Wenn er mit den anderen am Esstisch sitzen und philosophieren würde, könnte ich es mir immer noch mit einem Buch vor dem Kamin gemütlich machen oder mich ins Zimmer zurückziehen. Wenn er Skifahren wollte, würde ich einen Schneemann bauen, und auch sonst würde ich andere Beschäftigungen finden. Obwohl es schade wäre und der Gedanke, mich in meinem Bewegungsradius einzuschränken, schon jetzt auf meine Stimmung schlug.

»Okay, super. Ich ziehe ich mich besser noch schnell um«, meinte Steffy und entledigte sich ihrer gemütlichen Jogginghose, die sie für die Autofahrt angezogen hatte. »Wenn ich gewusst hätte, dass Lucas kommt …« Sie fächerte sich Luft zu.

Lia kicherte. »Das macht die Tage hier gleich noch großartiger, oder?«

»O ja! Aber das ist typisch Jonas – die wichtigen Dinge verschweigt er immer bis zum Schluss.« Steffy wühlte in ihrer Tasche und zog eine Jeans hervor.

Mein Magen verknotete sich, als ich ihr zusah, wie sie in ihre hautenge Jeanshose schlüpfte und ihren Hoodie gegen einen süßen Winterpullover tauschte. Mehr noch, als Lia ihren Lipgloss auffrischte.

Dass meine beiden Freundinnen ein Auge auf Lucas geworfen hatten und sich aufhübschten in der Hoffnung, ihm zu gefallen, störte mich immens. Klar, er sah gut aus mit seinen zerzausten braunen Haaren, die diesen unverschämt heißen Out-of-Bed-Look hatten. Oder mit seinen vollen Lippen, die jedes Mal, wenn er redete, die gesamte Aufmerksamkeit auf sich lenkten. Und dann noch das süße Grübchen am Kinn. Ganz zu schweigen von seinen blaugrünen Augen, die …

Okay, aufhören, Merle!

Verdammt, was tat ich da? Wollte ich ihn mir etwa wieder einreden? Ein attraktives Äußeres änderte nichts daran, wie ein Mensch in seinem Inneren war. Dennoch störte mich, dass meine Freundinnen auf ihn abfuhren. Und das nicht bloß deshalb, weil sich in mir das Bedürfnis regte, sie vor diesem arroganten, selbstverliebten Kerl zu warnen. Auch, weil ... Gott, weil ich mich in ihn verguckt hatte, als er ihnen womöglich noch gar nicht wirklich aufgefallen war. Bis ich seine wahre Seite gesehen hatte.

Lia kicherte. »Wie Jonas die Krise bekommen hat, als er realisierte, dass dir Henry und Lucas gefallen.«

Steffy schnaubte und verdrehte die Augen. »Ja, er reizt das mit dem beschützenden Bruder schon gewaltig aus. Habe ich mich je zwischen ihn und seine Flirts gestellt? Nein!«

»Vermutlich solltest du das mal tun«, sagte ich trocken, was die beiden noch mehr amüsierte.

»Ja, stell dir vor, ich würde ihm dazwischenfunken. Boah, das könnte gewaltig ausarten.« Steffy sah uns mit großen Augen an. »Aber vielleicht ist das echt kein so schlechter Plan. Sagt Bescheid, wenn ihr mitbekommt, dass er flirtet.« Sie zog hinterlistig eine Augenbraue hoch, woraufhin ich nicht länger Trübsal blasen konnte. Auf diesen Urlaub hatte ich mich so gefreut – auf genau diesen Spaß und die Blödeleien mit meinen Freundinnen. Und das würde ich mir garantiert nicht vermiesen lassen. Von niemandem.

»Bist du fertig?« Lia schaute zu mir, doch ich hatte mir nicht einmal mit den Fingern durch die Haare gekämmt.

Es gab keinen Grund, mich für irgendjemanden aufzuhübschen – vor allem gaben mein Schlabberlook und die zerzausten Locken wunderbar meine Stimmung wider.

Steffy prüfte ihr neues Outfit mit einem letzten kurzen Blick in den Badezimmerspiegel. »Ich bin soweit.«

»Gut, ich sage Finn Bescheid, hole noch die Einkaufslisten aus der Küche und dann können wir los.« Mit diesen Worten öffnete Lia die Tür unseres Zimmers.

Innerlich wappnete ich mich dagegen, Lucas erneut gegenüberzutreten, doch er war gar nicht im großen Wohnbereich. Erleichtert atmete ich auf, bis ich mir in Erinnerung rief, dass meine Freundinnen ein Auge auf Lucas geworfen hatten. Und dass ich die beiden besser vor ihm warnen sollte, bevor sie dieselbe Enttäuschung erfahren mussten wie ich.

5. DEZEMBER - LUCAS

Als ich meine Tasche fast fertig ausgepackt hatte, hörte ich, wie draußen ein Wagen gestartet wurde. Ein Blick aus dem Fenster verriet mir, dass Viola, Finn und Merle den roten Kombi vom Schnee befreiten, während Lia bereits hinter dem Steuer saß und die Heizung vermutlich auf Anschlag aufdrehte.

Erneut spürte ich dieses seltsame Gefühl in meinem Bauch, weil sich Merle mir gegenüber so abweisend verhalten hatte. Noch mehr, als ich zusah, wie sie mit den anderen herumalberte. Wie sie lachte, Schneebälle über das Autodach hinweg auf Viola und Finn warf und sich vor deren kleinen Angriffen duckte, bis Lia auf die Hupe drückte und die drei damit zum Einsteigen aufforderte.

Meine Mundwinkel zuckten amüsiert, weil Lia ganz klar die Zügel in den Händen hatte. Das hatte ich schon vorhin bemerkt, als sie ihre Einkaufsliste mit uns durchgesprochen hatte. Dennoch schweiften meine Gedanken sofort zurück zu Merle. Vielleicht hatte ich ihr Verhalten missinterpretiert und es hatte gar nichts mit mir zu tun gehabt. Womöglich war ihr etwas Wichtiges eingefallen, oder … keine Ahnung. Ganz sicher gab es eine logische Erklärung für ihre Flucht.

Ein Klopfen riss mich aus meinen Gedanken und Jonas steckte den Kopf zur Tür herein. »Wir sind gleich auf dem Weg zum Baumarkt. Kommst du mit oder bleibst du hier?«

»Ich fahre mit.« Wenn ich allein in der Hütte hocken und fernsehen wollte, hätte ich auch zu Hause bleiben können.

Ich folgte ihm ins Wohnzimmer, wo inzwischen noch mehr Dekozeug aufgestellt worden war. Schon bei meiner Ankunft hatte ich den Schneemann auf dem Kaminsims bemerkt und die Tannenbäume aus Holz, die auf der Kommode unter dem Fernseher standen. Jetzt lag dazu eine Tannengirlande auf dem Esstisch, die mit kleinen silbernen und weißen Kugeln, Tannenzapfen und Glitzersternen geschmückt war. Auf den Fensterbrettern entdeckte ich große Sterne, die ein sanftes Licht spendeten und zusätzlich für weihnachtliches Flair sorgten – zumindest solange die Batterien reichten.

Vorhin hatte ich noch gedacht, dass die Deko eine nette Überraschung des Vermieters sei. Doch inzwischen war mir klar, dass die Sachen wohl von den Mädels und Jungs mitgebracht worden waren.

»Okay, also was brauchen wir alles aus dem Baumarkt? Nur den Weihnachtsbaum?«, erkundigte ich mich bei Jonas, als wir uns die Schuhe und Jacken anzogen.

»Genau, bestenfalls einen echten«, erklärte Steffy an seiner Stelle voller Begeisterung. »Aber wenn wir keinen mehr bekommen oder alle krumm und kahl sind, muss es ein unechter tun. Lia hat schon angeboten, dass sie ihn uns hinterher abkaufen würde.«

Ich nickte knapp. »Okay, ihr zieht das Weihnachtsding also voll durch.«

»Natürlich, deshalb sind wir hier. Weil wir richtig schöne, gemütliche Weihnachten feiern wollen«, erklärte sie weiter. »Einen Christbaumständer haben wir mitgebracht, die Raumhöhe habe ich auch bereits gemessen. Der Baum sollte nicht größer als zwei Meter zwanzig sein, sonst sieht es nicht mehr schön aus. Immerhin müssen wir noch die Spitze dazurechnen.«

Ein kurzer Blick zu Jonas ließ mich schmunzeln, denn der verdrehte die Augen und schüttelte den Kopf. Henry hingegen hatte seine Hände in die Taschen vergraben. Ich wusste, dass er immer sehr gechillt war und ihn so schnell nichts aus der Ruhe brachte.

»Na gut, dann fahren wir los. Hat jemand die Öffnungszeiten gecheckt?«, fragte ich, woraufhin Steffy mir zuzwinkerte.

»Klar, du sprichst mit einem Profi in Sachen Planung. Die haben noch zwei Stunden offen. Wir sollten nicht mehr zu viel Zeit vergeuden. Also … los!« Mit diesen Worten scheuchte sie uns aus der Hütte.

Da es Jonas' Wagen war, mit dem wir fuhren, und er nicht wirklich von Steffys weihnachtlicher Vorfreude angetan war, drehte er – bestimmt aus Protest und um seine Schwester zu ärgern – eine Heavy Metal Christmas-Playlist auf. Harte E-Gitarrenklänge und lautes Grölen dröhnten aus den Boxen, und man musste genau hinhören, um die Weihnachtslieder dahinter zu erkennen.

»Fürs Protokoll: Das ist nicht, was ich mit Weihnachtsmusik meinte. Das ist … schrecklich! Lärm, aber keine Melodie.« Steffy verschränkte auf dem Beifahrersitz schnaubend die Arme vor der Brust.

»Mein Wagen, meine Musik«, antwortete Jonas lässig. »Abgesehen davon müssen wir in den nächsten Tagen noch eine Menge deines Musikgeschmacks ertragen.«

Sie stieß ein wütendes »Pah« aus und drehte sich zu Henry und mir um. »Kommt schon, helft mir, Jungs! Wir sind hier, um ein harmonisches, ruhiges und großartiges Weihnachten zu feiern. Wie soll das mit dieser Musik klappen?«

Henry zuckte mit den Schultern. »Hey, ich halte mich aus solchen Diskussionen raus«, erklärte er schmunzelnd.

»Lucas?« Steffy klang flehend.

Ich lachte. »Egal, was ich jetzt sage, es kann nur falsch sein.«

Henry stieß mir in die Seite. »Siehst du? Raushalten ist die beste Devise.«

Jonas amüsierte sich köstlich darüber, dass seiner Schwester niemand beistand. Fast tat sie mir leid.

»Aber in einem Punkt muss ich Steffy recht geben, die Musik ist wirklich nicht gerade ruhig oder besinnlich«, sagte ich deshalb.

Jonas schnaubte und schaltete auf einen lokalen Radiosender um. »Seid ihr jetzt zufrieden?«

»Auf jeden Fall die bessere Alternative für alle hier im Auto«, warf Henry diplomatisch ein.

Als gleich darauf *Last Christmas* aus den Boxen dröhnte, lachten wir jedoch alle lauthals auf.

Auf den Straßen herrschte noch mehr Chaos als vor einer guten Stunde während meiner Anreise zur Hütte. Das einzige Schneeräumfahrzeug, das wir zu sehen bekamen, schien einen aussichtslosen Kampf gegen die weißen Massen zu führen.

»Wird spannend werden, ob wir morgen zum Parkplatz der Seilbahn fahren können.« Henry schaute stirnrunzelnd aus dem Fenster.

»Wenn nicht, finden wir eine andere Beschäftigung«, meinte Jonas entspannt.

»Weihnachtsbaum schmücken zum Beispiel.« Das kam von Steffy.

Jonas setzte an, eine erneute Diskussion vom Zaun zu brechen, doch diesmal ging ich dazwischen. »Das da vorne muss der Baumarkt sein, oder?«

Jonas stieß ein erleichtertes Seufzen aus. »Yes, sieht gut aus.« Er lenkte seinen Audi auf einen freien Platz, vorbei an dem armen Kerl, der mit einem Minitraktor und aufgezogenen Schneeketten den Parkplatz von den weißen Massen zu befreien versuchte.

Bevor ich ausstieg, zog ich den Schal noch ein Stück höher und die Mütze tiefer. »Danke, dass du mich eingeladen hast. Tut echt gut, nicht allein zu Hause zu hocken«, wandte ich mich an Jonas, während wir hinter Steffy her schlenderten, die sich bei Henry untergehakt hatte und mit ihm gemeinsam zielstrebig die Tannenbäume ansteuerte. Diese wurden in einem kleinen Außenbereich verkauft und zwei Angestellte versuchten, sie durch Klopfen und Fegen vom Schnee zu befreien.

»Klar, überhaupt kein Problem. Schön, dass du kommen konntest.«

»Ja? Ich habe das Gefühl, die Mädels waren ziemlich überrumpelt von der Tatsache, dass ich ebenfalls hier bin.«

Verlegen kratzte er sich durch seine grüne Wollmütze am Kopf. »Ja, ähm … vielleicht habe ich es ihnen erst gesagt, als du angekommen bist. Ich hab's komplett vergessen, sorry.« Das erklärte natürlich einiges, obwohl ich nach wie vor nicht schlau daraus wurde, was es mit Merles Verhalten mir gegenüber auf sich hatte. Doch das würde ich nicht Jonas fragen. »Sie sind alle vier in Ordnung, auch wenn meine Schwester das mit dem Weihnachtsding ein wenig zu ernst nimmt.«

»Na ja, sie meint es schließlich nur gut«, wandte ich ein, aber bevor Jonas etwas darauf hätte erwidern können, wurden wir von Steffy unterbrochen, die uns zu sich winkte.

»Kommt mal, ich glaube, Henry und ich haben den perfekten Weihnachtsbaum gefunden.«

Jonas atmete erleichtert auf. »Zum Glück, das ging schnell. Egal, wie hässlich die Tanne ist, sag ihr, du findest sie toll«, raunte er mir zu, ehe wir bei den beiden ankamen.

»Wie findet ihr diesen Baum?« Steffys Augen leuchteten und sie blickte begeistert von mir zu ihrem Bruder und zurück.

»Großartig, nehmen wir«, war seine knappe Antwort, die nicht ganz so enthusiastisch klang, wie sie es sich vermutlich gewünscht hatte.

Ich ließ mir etwas länger Zeit und betrachtete das gute Teil eingehend von oben bis unten. »Gerader Stamm, dichtes Nadelkleid, nur bei der Höhe bin ich mir nicht sicher.«

»Die Größe ist perfekt«, meinte Steffy, während Henry mit einem Maßband winkte.

»Na dann ...« Ich zwinkerte ihr zu. »Glück gehabt, Henry.« Amüsiert klatschten wir ab.

Steffy murmelte etwas, das klang wie »Männer bleiben immer kleine Jungs«, winkte aber bereits einen Verkäufer zu uns.

Der eifrige Mann verschnürte die Tanne und wünschte uns beim Verabschieden mit einer ähnlichen Euphorie, wie Steffy sie an den Tag legte, fröhliche Weihnachten.

Henry und ich hievten den Baum auf das Dach des Autos, wo Jonas zum Schutz des Lacks eine Decke ausgebreitet hatte und die Tanne mit Spanngurten an den Dachträgern fixierte.

»So, die hält«, meinte er zufrieden und schüttelte seine Mütze aus, bevor er ins Auto stieg und den Motor startete.

Auch wir klopften uns den Schnee von den Jacken und Schuhen, ehe wir einstiegen und zurück zu unserer Unterkunft fuhren.

»Die Mädels werden Augen machen, wenn sie den Baum sehen. Am besten stellen wir ihn auf der Veranda auf, dann ist er unterm Vordach vor dem Wetter geschützt und wir können ihn morgen in die Hütte bringen und aufputzen«, meinte Steffy.

»Macht man das nicht am vierundzwanzigsten Dezember?«, erkundigte ich mich.

Steffy drehte sich zu mir um. »Nein, wir sind ja nur die paar Tage hier. Da wäre es schade, wenn wir ihn erst an Heiligabend schmücken. Bei mir zu Hause steht der Baum seit Anfang Dezember. Wobei ich einen unechten habe, da gibt es keine Probleme mit den Nadeln.«

Henry brummte zustimmend. »Ich mach das ebenfalls so.«

»Du hast einen Weihnachtsbaum?«, fragte Jonas und schaute über den Rückspiegel zu uns.

»Klar. Ich liebe Weihnachten. Solltest du auch tun.« Schmunzelnd zwinkerte Henry ihm zu.

6. DEZEMBER – MERLE

Jingle Bells drang aus den Boxen im Supermarkt, während Lia und ich einen Einkaufswagen vor uns herschoben. Unser erstes Ziel war die Fleischtheke, wo sie die Bestellung für das Weihnachtsessen aufgeben wollte.

Finn und Viola hatten sich ebenfalls einen Wagen geschnappt und waren direkt in die Getränkeabteilung abgebogen.

»Ich freue mich so sehr auf die nächsten Tage«, meinte Lia enthusiastisch. »Und das schon, seit Steffy und Jonas im September beim Spieleabend mit der Idee um die Ecke gekommen sind.«

Knapp nickte ich.

»Du etwa nicht?«

»Doch, schon.«

Ich konnte Lias durchdringenden Blick förmlich auf mir spüren, wagte aber nicht, den Kopf zu drehen und sie anzuschauen.

Mit einem Mal hielt sie den Einkaufswagen an. »Okay, was ist los? Und keine Ausreden, ich will die Wahrheit hören.«

Seufzend blieb ich stehen. »Es ist … nichts.«

»Merle!« Lias Stimme klang schneidend.

»Keine Ahnung, ich hab heute einfach irgendwie miese Laune. Mit so leichten Kopfschmerzen, kennst du das? Zu wenig, um etwas dagegen zu nehmen, aber dennoch nervig.« Mit schlechtem Gewissen, weil ich ihr nun doch diese Ausrede aufgetischt hatte, hob ich den Blick und sah sie an.

Ihre Gesichtszüge waren weich geworden.

»Ach, Liebes … das tut mir leid. Sag Bescheid, wenn ich was für dich tun kann.«

»Schon gut, das wird sicher bald wieder.«

»Schlag im Süßigkeitenregal zu. Ich setze es auf die Gesamtrechnung, immerhin haben wir alle was davon, wenn deine Laune steigt.« Sanft stieß sie mir in die Seite.

Entschlossen schüttelte ich den Kopf. »Kommt gar nicht infrage, meinen Süßkram bezahle ich selbst.«

Wir erreichten die Fleischtheke, wo wir uns hinter einem alten Mann und einer Frau mit Baby anstellten.

»Tut mir leid, wenn ich so nachbohre. Liegt wohl in meiner Natur, dass ich mir wünsche, dass es allen Menschen um mich herum gut geht.«

»Ein Glück, dass du Krankenschwester geworden bist«, meinte ich grinsend.

»Aber echt.« Sie lachte, dann waren auch wir schon an der Reihe.

Lia gab die Bestellung für unser Weihnachtsessen auf und anschließend arbeiteten wir ihre Liste weiter ab. Zuerst an der Fleischtheke, danach im restlichen Supermarkt.

»So, das sollte für die ersten Tage genügen. Und am dreiundzwanzigsten Dezember fahren wir noch einmal her und kaufen den Rest. Den Putenrollbraten möchte ich am Vortag oder spätestens am Morgen vorbereiten, dann ziehen die Gewürze richtig ein.«

»An dir ist eine Köchin verlorengegangen.«

Amüsiert griff sie nach einer Packung Reis. »Sag das mal meinen Kolleginnen und Kollegen im Krankenhaus. Oder meinen kleinen Patienten.«

»Sie würden dich sehr vermissen«, sagte ich. »Ich habe das Gefühl, dass du alles kannst, wohingegen ich …«

»Scht! Hör bloß auf, auch nur zu denken, dass du kein großartiger Mensch bist. Erinnerst du dich an die Karte, die du letztens für Henry zu seinem Geburtstag gemacht hast?«

»Genau genommen haben Steffy und ich …«

»Ich rede vom Text, Liebes. Ja, die grafische Gestaltung war schön, du allerdings hast mit deinen Zeilen alle zum Lachen gebracht.«

»Okay, wow, ich kann gut mit Worten. Ein Glück, dass ich als Texterin arbeite. Aber sonst? Ich kann nicht kochen, ich bin unmusikalisch, unsportlich und habe vor Kurzem sogar meine Wäsche verwaschen. Ja, ich habe nicht einmal einen Freund, geschweige denn, dass ich …«

»Du bist wundervoll, Merle«, fiel mir Lia ins Wort. »Keine Ahnung, was mit dir los ist, aber sieh dich an. Du bist unfassbar hübsch.«

Schnaubend schüttelte ich den Kopf. Unabhängig davon, dass ich gerade ungekämmt und im Schlabberlook unterwegs war, fühlte ich mich gar nicht so.

»Doch! Ich würde alles für deine Locken tun. Und deine Lippen sind beneidenswert. Andere bezahlen Geld beim Schönheitschirurgen für so eine Form. Deine Augen! Ich habe noch nie jemanden mit so schönen hellblauen Iriden gesehen. Keine Ahnung, deine Hormone müssen verrückt spielen, dass du dich gerade selbst nicht magst, aber ich schwöre, sie gaukeln dir ein falsches Bild von dir vor, denn du bist so, wie ich gerne wäre. Kreativ, ruhig, schlau und im Slacklining wirklich unschlagbar – denk an den letzten Sommer. So unsportlich kannst du also nicht sein.«

»Henry sagt was anderes«, hielt ich dagegen.

»Henry ist kein Maßstab, der trainiert Leute, die schon ihr ganzes Leben lang Sport machen. Leistungssport, um genau zu sein. Wie willst du dich da messen? Und nur weil deine Cardiofitness nicht seinen Ansprüchen genügt, bedeutet es nicht, dass du unsportlich bist.« Entschlossen schüttelte sie den Kopf. »Abgesehen davon bist du in den richtigen Momenten witzig und die Männer sind verrückt nach dir!«

Bei ihrem letzten Kommentar musste ich schnauben. »Jetzt übertreibst du aber.«

»Tue ich nicht«, flüsterte sie und deutete mit dem Kopf zu einem Typen, der unweit von uns vor einem Regal stand, allerdings in unsere – nein, tatsächlich in meine – Richtung schaute.

Bratäpfel

Zutaten

4 große Äpfel
80 g Maronen, essfertig, geschält
80 g geriebene Haselnüsse oder Mandeln
50 g Rosinen
2 EL Honig
Margarine

Zubereitung

Wasche die Äpfel und schneide die Deckel waagrecht ab. Höhle das Kerngehäuse aus, achte aber darauf, dass du nicht nach unten durchstichst.

Reibe die Maronen bröselig, vermenge sie mit den Nüssen oder Mandeln und den Rosinen und gib den Honig hinzu. Fülle die Masse in die Äpfel und drücke sie mit einem Kochlöffelstiel hinein. Setze den Deckel wieder auf und gib die Äpfel in eine gefettete Auflaufform.

Toppe sie mit einem Margarineflöckchen und backe sie im vorgeheizten Backofen bei 180 °C Umluft ca. 25 Minuten.

Tausche für eine vegane Version den Honig gegen Agavendicksaft und achte auf eine vegane Margarine.

Verlegen wandte ich mich ab. »Das war Zufall.«

Lia verschränkte die Arme vor der Brust und schenkte mir einen Blick, der mir sagte, dass ich ihre Worte nicht infrage stellen sollte. Und weil ich darüber nicht weiter mit ihr im Supermarkt diskutieren wollte, brummte ich ein »Wie du meinst«, nahm ihr die Einkaufsliste aus der Hand und legte gleich darauf eine Menge Nudeln in den Einkaufswagen.

»Ich denke, wir haben alles. Wie weit seid ihr?« Viola tauchte gemeinsam mit Finn hinter uns auf. Bei ihnen stapelten sich Getränkekisten im und unter dem Wagen.

»Wir brauchen noch ein wenig. Wenn ihr wollt, könnt ihr etwas im Snackregal aussuchen.«

Viola salutierte und folgte Finn in den nächsten Gang, der den schweren Einkaufswagen vor sich herschob.

Auch ich wollte mich in Bewegung setzen, als Lia ihre Arme um mich legte. »Du bist großartig und wundervoll. Rede dir bloß nichts anderes ein. Ich weiß, man hat so Tage, an denen man sich selbst nicht leiden kann, aber die gehen vorbei.«

Ihre Worte und Umarmung taten so gut, dass ich sie kurz fest an mich drückte. Bevor mir Tränen in die Augen steigen konnten, löste ich mich wieder von ihr. »Danke. Du hast ja recht.«

»Klar hab ich das. Na komm, lass uns den Rest zusammensuchen, damit unsere Turteltäubchen nicht länger warten müssen.« Mit diesen Worten schob sie den Einkaufswagen weiter und schon bald hatten wir alles für die nächsten Tage beisammen.

Zurück auf dem Parkplatz erwartete uns leider kein besseres Bild als schon auf der Hinfahrt. Es schneite unverändert wie verrückt und in der kurzen Zeit, in der wir im Supermarkt gewesen waren, hatten sich mehrere Zentimeter Schnee auf dem Auto gesammelt.

Gemeinsam schoben wir die Einkaufswagen durch die Schneemassen, was gar nicht so einfach war.

»Hast du Schneeketten im Kofferraum?«, wollte Finn wissen.

Mit gerunzelter Stirn schaute ich einem Pkw hinterher, dessen Schneeketten sich leise rasselnd bemerkbar machten.

»Ja, ich glaube, wir sollten sie aufziehen«, meinte Lia und öffnete die Heckklappe.

Finn nahm ihr die Ketten ab. »Ich mach das, packt ihr inzwischen alles ins Auto und sehen wir zu, dass wir hier wegkommen.«

Das ließen wir uns nicht zweimal sagen. Schnell räumten wir die Einkäufe in den geräumigen Kofferraum und zwischen Viola und Finn auf die Rückbank, ehe wir die Fahrt zurück zur Hütte antraten.

Lia saß schweigend und konzentriert hinter dem Lenkrad, und auch sonst wagte niemand von uns, etwas zu sagen. Die Stimmung war angespannt, als wir sahen, wie ein Wagen auf der gegenüberliegenden Straßenseite nicht mehr aus der Parklücke kam.

Umso erleichterter atmete ich auf, als wir endlich vor der Hütte ankamen. Gerade auf dem letzten Stück ging es ziemlich bergauf und ich hatte kaum zu atmen gewagt. Ohne Schneeketten wären wir womöglich hängen geblieben oder gar von der Fahrbahn abgerutscht und … puh, darüber wollte ich nicht nachdenken.

Lia stützte sich erschöpft am Wagen ab, kaum dass sie ausgestiegen war.

»Alles okay?«, fragte ich besorgt, während Finn und Viola die ersten Sachen zur Hütte trugen.

»Geht schon. Aber ich werde heute definitiv keinen Meter mehr fahren.«

»Musst du nicht«, sagte ich entschlossen.

»Morgen auch nicht, wenn sich auf den Straßen nichts ändert.«

Schweigend nickte ich, ehe wir dabei halfen, die Tüten in die Hütte zu räumen.

»Oh, schau mal, wir haben einen Weihnachtsbaum!«, stieß ich aus, als ich die große Tanne unter dem Vordach auf der Veranda stehen sah.

»Ja! Wie schön er ist«, meinte Lia begeistert, ehe sie ihre Tüten an Henry weitergab, der in der Tür stand. Als er sich abwandte, um sie hineinzutragen, trat an seine Stelle … Lucas. Abwartend schaute er mich an, mit einem zaghaft freundlichen Lächeln auf den Lippen, die Arme hilfsbereit ausgestreckt. »Hi, Merle«, sagte er und seine Stimme prickelte in meinem Inneren nach.

Verflixt, das sollte sie nicht!

»Hey«, brummte ich verärgert über mich selbst. Und über ihn, denn wieso musste ausgerechnet er meine Sachen entgegennehmen?

Schnell drückte ich ihm die Tüten in die Hand, um wieder Abstand zu ihm zu bekommen. Dann drehte ich mich auf dem Absatz um und holte die Packung Küchenrolle und den Karton mit den Eiern, die noch im Kofferraum waren.

Lia schloss hinter mir den Wagen ab, nahm mir die Eier ab und gemeinsam eilten wir zurück zur Hütte.

Als ich eintrat und die Schuhe abstreifte, sah ich Lucas aus dem Augenwinkel. Schon wieder stand er da, bereit, mir etwas abzunehmen. Grundsätzlich wäre es kein Problem gewesen, ihm die Küchenrollen zu überlassen, damit ich meine Winterjacke ausziehen konnte. Doch das würde bedeuten, dass ich ihm erneut näherkommen musste, und das wollte ich nicht. Also drehte ich ihm den Rücken zu, klemmte die Packung zwischen Knie und Wand ein und zog meine Sachen aus, bis Steffy sie mir abnahm.

Keine Ahnung, ob meinen Freunden mein Verhalten auffiel. Aber wenn, kommentierte es niemand, worüber ich gerade echt dankbar war.

7. DEZEMBER – LUCAS

Kann ich helfen?« Ich lehnte in der Küche neben Lia am Kühlschrank und schaute ihr zu, wie sie und Merle Eier für die Käsespätzle aufschlugen. Oder Kasnocken, wie sie hier genannt wurden.

Merle reagierte auf meine Frage mit einem finsteren Blick, aber ich hatte schon fast damit gerechnet und konnte mir deshalb ein Grinsen nicht verkneifen.

»Du kannst auch hier mitspielen«, meinte Jonas vom Tisch, wo er gerade die Karten mischte.

Lachend schüttelte ich den Kopf. »Keine Chance, gegen dich spiele ich nie wieder Rommé.«

»Wenn du willst, kannst du gerne Zwiebeln schneiden«, meinte Lia und schob mir ein ganzes Netz davon zu.

Als ich erneut den Blick zu Merle schweifen ließ, zuckten ihre Mundwinkel.

Ah, ihr gefiel also die Vorstellung, dass meine Augen vom Zwiebelschneiden tränten? Dann tat ich ihr natürlich liebend gern den Gefallen.

»Sicher, kein Problem.« Ich öffnete eine der Schubladen, als Lia schon die richtige aufzog, in der nicht nur scharf aussehende Messer lagen, sondern auch zwei Schneidebretter.

»Halbieren und in Streifen?«, fragte ich nach.

»Genau. Merle, du kannst schon das Mehl öffnen.«

Ich stellte den Mülleimer neben mich, wusch mir die Hände und trocknete sie an einem Geschirrtuch ab. Dabei sah ich zu Merle, die ihre Locken zu einem wilden Knoten gedreht und mit einem Haarband fixiert hatte. Die Ärmel ihres Pullovers hatte sie nach oben geschoben, und als hätte sie meinen Blick gespürt, schaute sie in dem Moment zu mir.

Ich konnte mir nicht verkneifen, ihr zuzuzwinkern, was zur Folge hatte, dass sie erneut ihre Augenbrauen zusammenzog. Mal schauen, ob sich das änderte, wenn meine Augen tränten.

Beherzt schnitt ich die erste Zwiebel auf. »Whow!« Blinzelnd trat ich einen Schritt zurück. »Was sind das bitte für hochgefährliche Teile?« Sofort zog ich die Nase hoch und legte das Messer beiseite, sehr zur Belustigung der anderen.

»Klar, erst will er helfen und heult dann wie ein Baby«, sagte Jonas, was alle zum Lachen brachte.

»Leute, ihr habt ja keine Ahnung ...« Mit den Handrücken wischte ich mir über die Augen und wagte einen neuen Versuch. Heftig blinzelnd kämpfte ich gegen die Tränen an, die unweigerlich nach oben drängten.

»Nur weil du mit zwei Frauen in der Küche stehst, musst du nicht heulen, Mann.« Finn klopfte mir auf die Schulter und setzte sich zurück an den Tisch, nachdem er eine Flasche Mineralwasser aus unserem Naturkühlschrank draußen geholt hatte.

»Du musst währenddessen einen Schluck Wasser in

den Mund nehmen, ohne ihn runterzuschlucken, dann brennt es nicht so in den Augen«, schlug Steffy zur allgemeinen Belustigung vor.

»Verdammt, hätte ich das gewusst, hätte ich meine Schwimmbrille für dich eingepackt«, zog mich Henry auf.

»Am besten wäre, wenn du die Zwiebel unter Wasser schneidest«, erklärte Lia. »Dadurch werden die Ausdünstungen gehemmt.«

»Klar, danke für den Tipp, ich geh mal raus in den Pool«, sagte ich, schnappte mir Messer und Schneidebrett und peilte die Hüttentür an, was alle nur noch mehr erheiterte.

Seufzend legte ich das Brett an seine ursprüngliche Stelle zurück. »Hilft ja nix, da muss ich wohl durch. Den Pool habe ich nicht eingepackt.«

»Steffy hat recht«, brachte sich Merle ein und mit einem Mal blendete ich die Frotzeleien der anderen aus. Mein Herz machte einen Satz, als ich ihr in das hübsche Gesicht schaute. An ihrer Wange hatte sie etwas Mehl und ich musste mich zusammenreißen, es nicht wegzuwischen.

»Halleluja, endlich hat es jemand verstanden«, dröhnte Steffy.

»Wie bitte?« Erneut wischte ich mit dem Handrücken über meine Augen und hoffte, dass sich nicht zufällig Zwiebelsaft auf meine Hand verirrt hatte und ich alles noch schlimmer machte.

»Wasser im Mund hilft«, erklärte Merle. »Und mach das Messer und das Schneidbrett nass. Die Zwiebelhälften würde ich ebenfalls abspülen, dann sollte das Brennen weniger werden. Und das Beste wäre, wenn du beim Schneiden sitzt und das Brett so weit wie möglich von dir hältst. Die Gase steigen nach oben und gelangen dadurch nicht in deine Augen. Ich mache das auch immer so.« Dass sie mich die ganze Zeit anschaute, konnte ich fast nicht glauben. Womöglich war zwischen uns alles in Ordnung und ich hatte mir nur eingebildet, dass sie aus irgendeinem Grund sauer auf mich war?

»Okay, danke«, sagte ich ehrlich und warf einen Blick auf den Tisch, der voll stand mit Karten, Gläsern und einer offenen Packung Schokolebkuchen. Klar hätte ich dort Platz schaffen können, aber dann könnte ich nicht mehr neben Merle stehen, was ich jedoch wollte.

»O nein, hier setzt du dich nicht hin mit den Zwiebeln«, meinte Steffy entschlossen, die meinen Blick bemerkt hatte. »Ich habe hier ein Spiel zu gewinnen, da kann ich nicht riskieren, tränende Augen zu haben.«

»Keine Sorge, ich bleibe stehen«, sagte ich schnell und dankte der blonden Frau im Geiste für ihre Reaktion.

Ein erneuter Blick zu Merle, doch sie war damit beschäftigt, Mehl abzuwiegen.

Ich befeuchtete das Messer in der Spüle und war gespannt, ob die beiden Frauen damit recht hatten. Auch

das Brett machte ich nass sowie die Zwiebelhälften, dann beugte ich mich unter den Wasserstrahl.

»Nicht schlucken!«, dröhnte es von hinten, was mich prompt zum Lachen brachte. Schnell schluckte ich das Wasser hinunter, um es nicht prustend auszuspucken.

»Leute, ich arbeite hier!«, sagte ich streng und schaute zu Merle. Aber nein, nicht einmal ihre Mundwinkel zuckten. Wenn ich es nicht besser wüsste, könnte man meinen, sie wäre die unlustigste Person auf Erden. Allerdings hatte ich sie oft genug mit ihren Freunden lachen sehen …

Erneut füllte ich den Mund mit Wasser und versuchte, die blöden Kommentare hinter mir zu ignorieren und mich auf das Zwiebelschneiden zu konzentrieren. Und tatsächlich brannten meine Augen nicht mehr so extrem. Zwar fühlte ich es trotzdem ganz schwach, aber zumindest war die Sicht nicht völlig verschleiert und ich lief nicht Gefahr, mir ein Stück Finger abzuschneiden.

Nachdem die erste Zwiebel in feinen Streifen vor mir lag, musste ich jedoch das Wasser schlucken und tief durchatmen. Es war eine wirklich seltsame Technik, aber solange sie funktionierte, würde ich mich nicht beschweren. »Wie viele brauchst du davon?«, wandte ich mich an Lia.

Diese drehte sich zum Tisch um. »Wer möchte geröstete Zwiebeln auf den Käsespätzle?«

Alle hoben ihre Hände.

»Da hast du die Antwort. Alle wollen Zwiebeln, also kannst du sechs bis sieben schneiden.« Sie schenkte mir einen entschuldigenden Blick.

»Mach besser zu viel als zu wenig, ich kann davon nicht genug bekommen, wenn sie schön kross sind«, meinte Jonas und Henry stimmte ihm brummend zu.

»Okay, dann also echt eine ganze Menge.« Die Zwiebeln waren nur mittelgroß und falls jeder ordentlich auflud, musste ich mit einer Zwiebel pro Portion rechnen.

Ich nahm mir ein Glas aus dem Schrank, das ich mit Wasser füllte. Denn davon würde ich jetzt noch einiges brauchen.

Während ich weiterschnitt, amüsierten sich Steffy, Jonas, Finn, Viola und Henry beim Kartenspiel prächtig. Belustigt verfolgte ich deren Wortgefechte und schaute hin und wieder über die Schulter, wenn einer von ihnen laut aufschrie, weil jemand unerwartet einen Joker zog und das Spiel für sich entschied.

»Darf ich mal?« Merle stand neben mir und zeigte auf den Schrank, vor dem ich im Weg stand.

»Sicher.« Ich trat einen Schritt zur Seite und schaute ihr zu, wie sie eine große Pfanne aus dem Schrank holte. »Oh, warte, ich brauche auch eine für die Zwiebeln«, sagte ich schnell, bevor sie ihn schließen konnte, und ging neben ihr in die Hocke.

Für einen Moment stockte sie und schaute mir direkt in die Augen.

Doch. Da war definitiv etwas zwischen uns. Es fühlte sich an, als ob nur noch wir beide existierten, als ob die Zeit für einen Augenblick den Atem anhielt.

Unwillkürlich sehnte ich mich danach, sie zu berühren, aber bevor ich auch nur die Hand heben konnte, stand sie auf und trug die Bratpfanne zum Herd.

Ein Seufzen unterdrückend suchte ich ebenfalls eine aus, die groß genug für meinen Zweck war, und stellte sie auf eine freie Herdplatte.

Schnell schnitt ich die Zwiebeln fertig und gab sie schließlich in die Pfanne, in der Lia in der Zwischenzeit Butter und Öl erhitzt hatte.

Mit einem Kochlöffel ausgerüstet bezog ich neben Merle Stellung, die den Teig über einen Spätzlehobel in das siedende Wasser eines wirklich großen Topfes tropfen ließ.

»Sieht echt gut aus, was du da machst«, sagte ich und hoffte, dass sie das Knurren meines Magens nicht gehört hatte.

Doch statt einem »Danke« oder einem »Finde ich auch« oder einem »Ich hab Hunger« wurde ich mit einem finsteren Blick und Schweigen bestraft.

»Kochst du das öfter?«, versuchte ich es ein weiteres Mal. Keine Reaktion.

»Schalte mal etwas zurück«, hörte ich Lia von der anderen Seite leise sagen – und Merle reagierte sofort.

Nicht nur, dass sie die Temperatur zurückdrehte, sie redete sogar mit Lia: »Mach schon mal die Pfanne heiß, die ersten Spätzle kannst du gleich mit dem Schaumlöffel abschöpfen.«

Irritiert schaute ich zu Lia, die mir hinter Merle einen entschuldigenden Blick zuwarf.

Okay, ich hatte es mir also nicht eingebildet, dass da irgendetwas seltsam war, wenn es inzwischen auch ihrer Freundin auffiel.

Vielleicht würde mir Lia in einer ruhigen Minute verraten, was mit Merle los war, wenn ich schon nicht zu ihr durchdrang. Ich hatte natürlich nicht vor, Lia direkt danach zu fragen, aber falls ich Glück hatte, würde sie von sich aus etwas erzählen.

Erneut schaute ich zur schönsten Frau im Raum, die nach wie vor gemächlich Teig durch den Spätzlehobel arbeitete, ehe ich beschloss, mich besser auf die Zwiebeln in der Pfanne zu konzentrieren. Hier war die Gefahr, mir die Finger zu verbrennen, geringer als bei Merle.

8. DEZEMBER – MERLE

Leckerer Duft nach Käse und karamellisierten Zwiebeln lag in der Luft, als wir rund um den Esstisch saßen und Käsespätzle in uns hineinschaufelten, nur unterbrochen durch genüssliches Seufzen.

Es hatten wohl alle einen riesigen Hunger gehabt, denn jeder hatte eine große Portion auf seinen Teller verlangt – sogar Viola, die meist eher kleinere Mengen aß.

Doch sosehr ich mich auf das Essen konzentrieren wollte, schaffte ich es nicht. Immer wieder ertappte ich mich dabei, wie ich in Lucas' Richtung schielte. Weil ich daran denken musste, wie wir vorhin vor dem Küchenschrank gehockt hatten und die Luft zwischen uns förmlich zu flirren begonnen hatte.

Das alles durfte nicht sein, und ich fragte mich, wieso mein Körper nicht verstand, dass Lucas nicht gut für mich war. Stattdessen hatte es wild in meinem Bauch gekribbelt, als er mir tief in die Augen geschaut hatte.

Er saß mir am Tisch schräg gegenüber und unterhielt sich mit Viola und Finn, was mir die Gelegenheit gab, ihn mehr oder weniger ungestört zu beobachten. Natürlich nur insgeheim, ich hatte nicht vor, jemanden davon etwas bemerken zu lassen.

»Mädels, danke für das Essen, es war richtig gut«, sagte Henry und streichelte über seinen Bauch.

»Gerne, freut mich, dass es dir geschmeckt hat.« Das kam von Lucas – mit verstellter, hoher Stimme – und natürlich lachten alle inklusive Lia, als er auch noch eine imaginäre Haarsträhne über die Schulter nach hinten warf.

Ich jedoch spürte erneut diese Wut auf ihn in mir brodeln. Offenbar sah man es mir an, denn als Lucas mich anschaute, bekam er einen schuldbewussten Gesichtsausdruck und hob beschwichtigend die Hände. »Sorry, natürlich gebührt euch beiden der größte Dank. Ich war nur für die Zwiebeln zuständig, die ich unter Einsatz meines Lebens geschnitten und geröstet habe.«

Erneut lachten die anderen.

Ich jedoch schob den Teller von mir, auf dem noch eine Menge Käsespätzle lagen. Mit einem Mal war ich pappsatt.

»Ach, komm schon, das war doch lustig, Merle.« Lia stieß mir in die Seite und nun spürte ich sämtliche Blicke auf mir. Gott, jetzt fühlte ich mich auch noch schlecht, dabei hatte ich nichts getan.

»Sorry, mir geht es nicht gut«, sagte ich schnell. Ohne jemanden anzusehen, stand ich auf und stellte den Teller in die Küche.

»Das war doch sicher nicht böse gemeint«, meinte Henry.

»Lasst sie in Ruhe, ihr ging es vorhin schon nicht gut«, ergriff Lia Partei für mich, ehe ich, ohne mich noch einmal umzudrehen, in unserem Zimmer verschwand.

Kaum dass ich die Tür hinter mir geschlossen hatte, traten Tränen in meine Augen.

Genervt von mir selbst warf ich mich auf mein Bett

mit dem Rücken zum Raum, zog das Kissen an meine Brust und die Beine an und wurde mit einem Mal von einem stummen Schluchzen geschüttelt. Bis es an der Tür klopfte und ich angespannt innehielt.

»Merle?« Erleichtert atmete ich aus, als ich Violas Stimme erkannte.

Ein leises Quietschen verriet mir, dass sie die Türklinke nach unten drückte. »Hey, Süße, alles okay?« Ich nickte und hoffte, ihr würde das als Antwort genügen.

Für einen Augenblick blieb es still bis auf das Gemurmel der anderen, das vom Wohnraum zu mir drang. Dann schloss sich die Tür und ich hörte Schritte im Zimmer.

»Darf ich mich setzen?«, fragte sie leise.

Wieder nickte ich.

»Bedeutet das jetzt nein, weil du vorhin genickt hast und das gelogen war?« Ich konnte das Schmunzeln in ihrer Stimme hören.

Ohne es zu wollen, musste ich leise lachen. Langsam drehte ich mich zu ihr um, als sie sich auf der Bettkante niederließ.

»Was ist los? Hat es dich so getroffen, was Lucas gesagt hat?«

Ich wollte verneinen, ihr sagen, dass es an mir lag und nicht an ihm, doch das wäre ebenfalls gelogen. Und mir stiegen schon wieder Tränen in die Augen. »Halten mich da draußen jetzt alle für eine blöde übersensible Trulla?«

»Ganz sicher nicht. Wir machen uns nur Sorgen, weil … wir dich so nicht kennen. Was ist los?«

Unsicher zuckte ich mit den Schultern. »Ich will einfach gerade für mich sein«, brachte ich schließlich mit brüchiger Stimme hervor. »Vermutlich … mag ich mich heute selbst nicht.« Und irgendwie war das sogar die Wahrheit.

Viola nickte verständnisvoll. »Okay, ich lass dich alleine. Was soll ich den anderen sagen, wenn sie fragen, was los ist?«

»Keine Ahnung.« Überfordert verbarg ich mein Gesicht in einer Hand. »Sag ihnen aber bitte nicht, dass ich gerade am Durchdrehen bin.«

Ihr Lächeln war warm und tröstend. »Ich sage ihnen, du hast Bauchschmerzen, wie wäre das?«

Erst Kopf-, jetzt Bauchschmerzen … Lia würde heute bestimmt noch den Medikamentenkoffer auspacken.

»Ja, von den Zwiebeln«, erwiderte ich leicht grinsend, weil es sogar indirekt stimmte. Dass Lucas da war, lag mir wirklich schwer im Magen.

»Gut, das mache ich.« Liebevoll streichelte sie mir über den Unterarm. »Und wenn du was brauchst, sagst du Bescheid, okay? Egal ob es eine feste Umarmung, Schokolade oder Tampons sind.«

»Das ist lieb von dir, danke.« Nun musste ich doch lächeln, ehe sie wieder aufstand und zurück zu den anderen ging.

9. DEZEMBER - LUCAS

Blinzelnd öffnete ich die Augen. Schwaches Licht drang zwischen und unter den zugezogenen Vorhängen hindurch und verriet, dass die Nacht vorbei war. Wie spät es war, konnte ich nicht einschätzen. Sonnenschein sah definitiv anders aus, das konnte ich sogar von hier aus beurteilen. Gestern war es den ganzen Tag diesig gewesen, weil es so stark geschneit hatte, das würde anscheinend heute nicht anders werden.

Kurz ließ ich den Blick durch das Zimmer über die Holzwände wandern und drehte mich schließlich auf die Seite, um mich noch einmal in die rot-weiß-karierte Bettwäsche zu kuscheln. Ich hatte gut geschlafen, mal von der Tatsache abgesehen, dass ich gestern lange wach gelegen und mir über Merle den Kopf zerbrochen hatte.

Vielleicht hätte ich ihr Verhalten einfach ignorieren sollen, aber das konnte ich nicht. Denn auch wenn Viola gemeint hatte, dass Merle sich wegen Bauchschmerzen zurückgezogen hatte, kaufte ich ihr das nicht ab. Ich war kein Idiot und hatte mir auch nicht nur eingebildet, dass sie zu allen freundlich war und mit jeder Person hier geredet hatte – mit Ausnahme von mir. Okay, von dem Tipp mit dem Wasser im Mund mal abgesehen und ja, dafür war ich ihr echt dankbar. Diese Zwiebeln hätten definitiv ein Warnschild im Supermarkt verdient gehabt – hatten sie womöglich sogar und niemand hatte mich darauf hingewiesen.

Allerdings hatte ich mir keinen Reim auf Merles Verhalten machen können und erst weit nach Mitternacht war ich endlich in den Schlaf gedriftet.

Weil ich nicht schon wieder in den Grübeleien versinken wollte, die mir sowieso nicht weiterhalfen, stand ich schließlich auf. Ich schlurfte ins Badezimmer, das ich ganz für mich hatte, putzte mir die Zähne und schlüpfte in Jogginghose, T-Shirt und Sweatjacke. Dann zog ich im Schlafzimmer die Vorhänge auf – woraufhin ich ein Keuchen nicht unterdrücken konnte.

Mit einem Schlag war ich hellwach und mein Herz raste, als hätte ich fünf Espressi hintereinander getrunken.

Schnell eilte ich hinaus in den Wohnbereich, wo ich inzwischen erste Stimmen hörte.

Henry, Steffy, Jonas und Finn waren bereits wach. Und Merle.

Sie trug einen weißen Hoodie und eine graue Jogginghose, über die sie rotgrüne Wollsocken gezogen hatte. Nicht zum ersten Mal wünschte ich, sie würde mich genauso anlächeln wie die anderen. Ihre vom Schlaf zerzausten Haare lenkten mich kurz ab und beschworen Bilder in meinem Kopf herauf, die dort nichts verloren hatten.

»Wir sind eingeschneit«, war das Erste, was Steffy anstelle eines guten Morgens sagte.

Angespannt fuhr ich mir mit einer Hand durch die Haare. »Ich hab schon durch mein Fenster gesehen, dass die Lage da draußen nicht gut für uns ist. Hat schon jemand die Tür geöffnet?«

»Ja, es ist so schlimm, wie es aussieht«, sagte Finn und fasste sich seine Haare am Hinterkopf zu einem Knoten zusammen. »Unsere Autos erkennt man lediglich an den großen Schneekugeln, die vor der Hütte stehen, und wo die Straße ist, kann man nur anhand der Bäume links und rechts davon erahnen. Sieht so aus, als säßen wir hier erst mal fest.« Er legte seine Stirn in Furchen und auf den Gesichtern der anderen drei war zu erkennen, dass sie mit der Situation ebenfalls leicht überfordert waren.

»Wir sollten uns alle zusammen zu einer Lagebesprechung hinsetzen.« Jonas rückte die Brille auf seiner Nase zurecht.

»Klingt nach einem Plan. Lia ist bereits wach, die kommt sicher gleich.«

»Gut, dann wecke ich mal Viola.« Mit diesen Worten verschwand Finn in ihrem gemeinsamen Zimmer.

»Und ich koche Kaffee für uns«, erklärte ich entschlossen, weil ich nicht untätig herumstehen wollte. »Irgendwelche Sonderwünsche?«

»Milchkaffee, bitte.« Steffy hob eine Hand.

»Noch jemand?« Henry bat ebenfalls um einen Milchkaffee, genau wie Merle, was mich überraschte. Es hätte mich nicht gewundert, wenn sie aus Protest Tee getrunken hätte, aber vermutlich konnte sie ohne den Muntermacher nicht in den Tag starten.

Henry begann, Rührei zuzubereiten, während Steffy Obst und Gemüse aus dem Kühlschrank holte. Jonas schnitt Brot auf und Merle deckte den Tisch.

Vielleicht bildete ich es mir ein, aber sie hatte sich erneut eine Arbeit gesucht, die am weitesten von mir entfernt war.

»Guten Morgen.« Eine müde Lia kam aus ihrem Zimmer. Auch sie trug gemütliche Klamotten und schlurfte herbei, um zu helfen und Schüsseln sowie Haferflocken auf den Tisch zu stellen.

»Hast du schon einen Blick nach draußen geworfen?«, erkundigte sich Merle bei ihr.

Beim Klang ihrer Stimme stieg eine gewaltige Sehnsucht in mir auf.

»Nein, was …?« Lia kniete sich halb auf die Sitzbank und stieß ein erschrockenes Keuchen aus. »Wir sind eingeschneit!«, rief sie in dem Moment, als Viola mit zerzausten Haaren aus dem Zimmer kam, einen großen Pullover über ihren Pyjama gezogen.

»Was machen wir jetzt?«, wollte sie wissen, die Augen weit aufgerissen.

»Erst mal Frühstück«, erklärte Henry mit ruhiger Stimme, als wäre die unleugbare Tatsache eine Kleinigkeit. »Und beim Essen können wir ja beratschlagen, was unsere nächsten Schritte sind.«

»Hätten wir mit den Lebensmitteln sparen sollen?« Steffy sah verunsichert in die Runde, ehe ihr Blick bei Lia hängen blieb, die die Einkaufsliste geschrieben hatte.

»Mach dir darüber jetzt mal keinen Kopf. Wir können so schnell nicht verhungern und zum Nachdenken brauchen wir erst mal Kohlenhydrate und Proteine.« Henry drückte tröstend ihre Schulter.

Dennoch lag Anspannung in der Luft.

Wenig später saßen wir rund um den Frühstückstisch.

»Okay, ich trage mal die Fakten zusammen«, begann Jonas und hob eine Hand, um die Punkte an den Fingern abzuzählen. »Die Autos sind komplett eingeschneit und selbst wenn es uns gelingen sollte, sie freizukriegen, würde uns das nicht helfen, weil die Straße auf unbestimmte Zeit dicht ist.«

Finn nickte. »Und diese Hütte ist bestimmt nicht Priorität Nummer eins bei den Räumfahrzeugen.«

Die Mädels schauten mit verschreckten Blicken in die Runde. Auch Merle wirkte nervös, und mit einem Mal keimte der Wunsch in mir, sie zu beruhigen.

»Aber wir haben Lebensmittel für mehrere Tage, immerhin habt ihr ordentlich eingekauft und gut geplant. Bis wann reicht unser Vorrat?«, wandte ich mich an Lia.

»Bis übermorgen, also einen Tag vor Heiligabend. Wenn wir rationieren, länger, allerdings …«

»Ich glaube nicht, dass man uns hier so lange eingesperrt lässt«, fiel ihr Steffy ins Wort, wobei der Satz mehr nach einer Frage klang.

Henry stimmte ihr nickend zu. »Das kann ich mir auch nicht vorstellen. Ihr habt die Nummer des Vermieters, den können wir kontaktieren und uns informieren, wie die Lage ist.«

»Nein, können wir nicht«, wandte Jonas ein. »Schon vergessen, wir haben hier keinen Handyempfang. Und der Festnetzanschluss ist tot.« Er zeigte auf den Apparat auf der Kommode unter dem Fernseher. »Muss wohl die Leitung beschädigt worden sein durch den heftigen Schneefall.«

Zum Entspannen war es ideal, das Smartphone nicht nutzen zu können, aber in so einer Situation war es ein Fluch, von der Außenwelt abgeschnitten zu sein. Und dass auch noch das Festnetztelefon tot war, fühlte sich mehr als beunruhigend an.

»Allerdings haben wir Strom, was gut ist. Und fließendes, warmes Wasser«, brachte Merle ein.

»Und ausreichend Holz für den Kamin«, ergänzte ich und lächelte sie aufmunternd an, doch sie sah nicht einmal in meine Richtung.

»Also gut, der Plan mit dem Skifahren fällt für heute ins Wasser.« Viola lachte leicht überfordert auf. »Was machen wir jetzt, um die Zeit bis zu unserer Rettung zu überbrücken?«

»Erst einmal nicht in Panik verfallen«, sagte Henry ruhig. »Und dann wird uns sicher etwas einfallen. Wir haben immerhin ein paar Spiele eingepackt.«

Während des restlichen Frühstücks herrschte weiterhin gedämpfte Stimmung. Zwar blieben alle ruhig, aber eine gewisse Nervosität ließ sich nicht leugnen.

Die Gespräche drehten sich nur um die aktuelle Wetterlage und unsere Situation. Dass unsere Pläne, Ski zu fahren und die Umgebung zu erkunden, vorerst auf Eis lagen, war wirklich schade. Nicht nur ich hatte mich darauf gefreut gehabt.

Nachdem wir mit dem Frühstück fertig waren und alles weggeräumt und abgewaschen hatten, zogen sich Finn, Jonas, Lia und Merle zurück, um sich im Badezimmer frisch zu machen oder im Bett zu lesen.

Steffy und Viola machten es sich mit ihren Kaffeebechern und Koffeinschleuder Nummer drei auf der Couch vor dem Kamin gemütlich, während Henry Holzscheite nachlegte, damit das Feuer nicht ausging.

»Ich hole Nachschub von draußen«, bot ich an, nachdem sich der Vorrat an Holz hier in der Hütte dem Ende neigte, und ging durch die Tür in den Windfang. In Schuhen und Jacke trat ich hinaus auf die Veranda und … musste das Gesamtbild erst einmal auf mich wirken lassen.

Alles war weiß. Selbst unter dem Vordach hatte es den Schnee fast bis zu den Wänden geweht und vom Holz auf dem Boden war nicht viel zu sehen. Der Weihnachtsbaum war auf einer Seite angezuckert und unsere Autos konnte man bis auf die drei großen Schneekuppeln wirklich nicht mehr erkennen.

Der Himmel war nach wie vor bedeckt und es sah aus, als würde das Weiß der Landschaft irgendwo in der Ferne direkt in die Wolken übergehen.

Die einzigen Geräusche, die ich vernahm, kamen aus der Hütte, und ein Schauder schüttelte mich.

Schnell lud ich mehrere Holzscheite auf meinen Unterarm, ehe ich zurück ins Warme ging. Gerade als ich mit dem Stiefel gegen die Tür klopfen wollte, der den Windfang vom Wohnbereich trennte, wurde sie von innen aufgerissen und ich fand mich Merle gegenüber, die mich aus großen Augen überrumpelt anschaute.

10. DEZEMBER - MERLE

Mein Herz überschlug sich fast in der Brust, als ich beinahe mit Lucas zusammenstieß. Umso mehr, als er mir nach der ersten Schrecksekunde sein umwerfendes Lächeln schenkte.

»Danke fürs Türöffnen. Denkst du, du kannst mir das Holz abnehmen? Dann hole ich noch mehr. Wir brauchen Nachschub.«

Ich hätte einfach ja sagen, die Scheite entgegennehmen und zum Kamin tragen sollen. Doch ich schaffte es nicht, weil das Chaos in meinem Kopf und Bauch zu groß war. Gefühle wirbelten in mir herum und ich wusste gerade nicht, ob Anziehung oder Wut auf ihn überwogen.

Als ich mir endlich einen Ruck gab und reagieren wollte, stand Henry neben mir und nahm Lucas an meiner Stelle das Holz ab. Dieser schaute mich nur einen Augenblick schweigend an, ehe er sich stirnrunzelnd abwandte und wieder nach draußen ging.

Weil ich keine komplette Zicke sein und nicht noch blöder dastehen wollte als ohnehin schon, zog ich Stiefel und Jacke an, ehe ich Lucas folgte. Zum Teil, weil ich mir das Schneechaos aus nächster Nähe anschauen musste, redete ich mir ein. Doch als ich auf die Veranda trat, blieb ich erst einmal stehen und keuchte, überrumpelt von dem Bild, das sich mir bot.

»Heftig, oder?« Lucas' Stimme vibrierte tief in mir und löste einen süßen Schauder aus, den ich am liebsten sofort abgeschüttelt hätte.

»Beängstigend«, gab ich zu und wagte es, mich umzudrehen und ihm ins Gesicht zu schauen. Er hatte bereits mehrere Holzscheite auf seinen Unterarm geladen und stand direkt neben mir. So nah, dass ich die Sprenkel in seinen Augen sehen konnte. Und in meinem Bauch kribbelte es sofort. Verdammt!

»Wir sitzen bestimmt nicht lange hier fest«, sagte er beruhigend.

Da ich nicht wusste, was ich darauf sagen sollte, nickte ich knapp. Schnell wandte ich mich von ihm ab und dem Holzstapel zu, um einige Scheite mit nach drinnen zu nehmen. Ich spürte kaum die Kälte, da eine Hitze durch meinen Körper fegte, die garantiert auch Farbe in meine Wangen brachte.

»Komm, ich helfe dir.« Erneut stand Lucas hinter mir und war mir so nahe, dass ein Teil in mir sofort den Abstand vergrößern, der andere sich jedoch an ihn schmiegen wollte.

Ich wirbelte zu ihm herum und schaute ihn an. Versank in seinen Augen und hasste es, dass mein Herz vor Aufregung schneller schlug.

Warum reagierte mein Körper so? Wieso war alles dermaßen verwirrend? Und weshalb konnte ich ihn nicht einfach konsequent nicht mögen? Warum konnte ich ihn nicht auf das ansprechen, was vor ein paar Monaten passiert war? Es wäre so leicht, für klare Verhältnisse zu sorgen. Doch ich schaffte es nicht. Weil ich fürchtete, erneut von ihm behandelt zu werden wie damals.

Wieso ich überhaupt mit ihm allein hier draußen stand, war mir mit einem Mal ein Rätsel. Nicht, dass ich vor Lucas Angst hatte. Aber vor seinen Worten. Vor seinem Gesichtsausdruck, der mich noch heute zusammenzucken ließ, wenn ich daran zurückdachte. Wie er ausgesehen hatte, als er sich von mir abgewandt hatte. Genau wie damals traf mich das Gefühl der Ablehnung so heftig, dass ich endlich wieder klar denken konnte und den Blick von ihm abwandte.

Als er mir die obersten beiden Holzscheite abnahm und sich selbst noch einmal ein paar auflud, eilte ich zurück in die Hütte. Keine Ahnung, wieso ich es für eine gute Idee gehalten hatte, ihm zu helfen. Sicher, ich hatte es nicht für Lucas getan, sondern für meine Freunde und mich. Immerhin waren wir alle auf eine warme Stube angewiesen, und dafür brauchten wir nun mal das Holz. Aber im Grunde hätte ich wissen müssen, dass es nicht gut für mich war, mit Lucas allein zu sein. Weil nun all die beschämenden Erinnerungen hochkamen, die ich in den letzten Monaten so gut wie möglich ausgeblendet hatte.

»So schlimm?«, wandte sich Steffy an mich, als ich zurück in der Hütte war und sie mir das Holz abnahm.

Es dauerte einen Augenblick, bis mir klar wurde, dass sie den Schnee und nicht Lucas meinte. Denn von dem, was damals passiert war, wusste nicht einmal meine beste Freundin. Weil es mir peinlich war und ich fürchtete, sie könnte zu mir sagen, dass ich überreagierte. Doch sie war nicht dabei gewesen, hatte nicht gesehen und gehört, was ich erlebt hatte.

»Ja, sieht echt heftig aus. Wir sollten den Weihnachtsbaum in die Hütte holen, den hat es auch eingeschneit. Vielleicht legen wir Handtücher unter, bis er trocken ist.«

Steffys Augen weiteten sich und sie nickte. »Komm, lass uns das gleich machen. Ich ziehe mir nur schnell was über.« Bei diesen Worten wich sie Lucas aus, der seine Ladung auf den Stapel neben dem Kamin legte. Dass er uns neugierig hinterhersah, fiel mir zwar auf, doch ich biss mir auf die Zunge, um für mich zu behalten, was wir vorhatten. Nicht, dass er kam, um uns zu helfen. An meiner Seite. Und wir uns womöglich auch noch berührten.

Kurz darauf stand Steffy neben mir auf der Veranda und pfiff durch die Zähne. »Das sieht von hier bei Weitem heftiger aus als durch das Fenster.«

»Ja, oder?«

Sie nickte.

Schweigend schauten wir auf die weiße Landschaft, ehe wir uns abwandten und uns daran machten, Schnee von den Ästen des Baumes zu klopfen.

Fast fand ich Gefallen an dem Ganzen, als ich eine Bewegung neben mir ausmachte. Es war Lucas, der sich uns angeschlossen hatte.

»Wir wollen den Baum ins Wohnzimmer holen«, erklärte Steffy unnötigerweise. »Kannst du uns helfen?« Dass sie ihn dabei mit einem unschuldigen Augenaufschlag anschaute, ärgerte mich.

Wir konnten das auch allein, wir brauchten keine Hilfe. Nicht von Lucas. Doch ich verkniff mir meine Meinung.

»Sicher, ich trage ihn hinein und ihr stellt das Weihnachtsbaumkreuz dort ab, wo ihr ihn haben wollt«, bot er an.

»Steffy und ich nehmen den Baum«, sagte ich mit vielleicht zu scharfem Unterton. Dass mich meine Freundin seltsam anschaute, ignorierte ich. »Selbst ist die Frau.«

Ich bereute meine Entscheidung, als sich die Tannennadeln in meine Handflächen bohrten, kaum dass wir den Baum hochhoben, doch auch das behielt ich für mich.

Weder Lucas noch Steffy hatten meinen kleinen Ausbruch kommentiert. Allerdings war es sicher nur eine Frage der Zeit, bis irgendjemand mich darauf ansprechen würde. Und gerade wusste ich nicht, ob ich mir eher wünschte, es wäre jemand von meinen Freunden oder doch lieber Lucas, dem ich in meiner Fantasie schon so oft meine Meinung zu seinem Verhalten gegeigt hatte. Vermutlich würde ich jedoch im echten Leben keinen Ton herausbekommen und lediglich blöd herumstottern.

Wir folgten Lucas in die Hütte, wo er auf Lias Anweisung den Christbaumständer in der Nähe des Kamins platzierte. Ächzend stellten Steffy und ich den Baum an seinem neuen Bestimmungsort ab.

»Uff, der ist schwerer als gedacht.« Sie schnaubte und stützte ihre Hände in die Hüften, ehe sie auf das Chaos schaute, das wir angerichtet hatten. Dreckige Wasserpfützen und Nadeln säumten den Weg von der Tür bis zu uns, weil wir die Schuhe nicht ausgezogen hatten und Schneereste vom Baum gerieselt waren.

Schnell schlüpfte ich aus den Stiefeln und der Jacke und machte mich daran, die Sauerei zu beseitigen. Steffy schloss sich mir an, und innerhalb kürzester Zeit war wieder alles sauber.

In der Zwischenzeit wischten Lia und Finn die einzelnen Äste mit alten Lumpen ab, die sie unter der Spüle entdeckt hatten. So war die Wahrscheinlichkeit, dass sich erneut Pfützen auf dem Boden bildeten, geringer.

Jemand hatte *Snowman* von Sia gestartet, das nun aus der Soundbox dröhnte, während ausgerechnet Jonas die Kiste mit dem Weihnachtsschmuck auf den kleinen

Couchtisch stellte. Keine Ahnung, ob er das freiwillig tat oder ihn jemand darum gebeten hatte, doch er begann tatsächlich, die ersten Kugeln aufzuhängen.

Steffys breites Grinsen entging mir nicht, und ich freute mich riesig für meine Freundin.

Innerhalb kürzester Zeit schmückten wir gemeinsam den Baum. Dass ich Lucas dabei unweigerlich immer wieder nahekam, versuchte ich so weit wie möglich auszublenden. Ich hängte silberfarbene Sterne neben kleine glitzernde Schneeflocken und Jonas und Steffy klipsten zum Schluss noch elektrische Kerzen an die Äste, die sich per Zeitschaltuhr steuern ließen. Auch hier stellte Viola, genau wie bei den Sternen an den Fenstern, auf Dauerbetrieb. Als wir fertig waren, betrachtete ich schweigend das Ergebnis. Der Baum war schön mit seinem zarten Schmuck, und ich mochte den Tannenduft, der sich durch die Wärme des Kaminfeuers noch weiter ausbreitete.

»Wartet, wir müssen unbedingt ein Foto von uns allen machen«, sagte Lia, als es sich die Jungs schon wieder auf der Couch bequem machen wollten. »Überhaupt sollten wir viel mehr digitale Erinnerungen festhalten. Ich ärgere mich total, dass wir gestern weder das Essen noch das Kartenspiel fotografiert haben.«

»Ich hab eines von den Käsespätzle gemacht.« Finn hielt sein Handy in die Höhe.

»Ja? Oh, kannst du das nach dem Urlaub in unsere Gruppe schicken?« Lia schaute ihn flehend an. »Überhaupt ist das jetzt ein allgemeiner Aufruf an alle, Fotos zu machen und uns später weiterzuleiten.«

Steffy nickte zustimmend.

»Wie sollen wir das Foto von uns vor dem Baum machen?« Viola schaute sich um, vermutlich, um einen guten Platz für das Handy zu suchen.

»Ich kann euch fotografieren«, bot Lucas an und zückte bereits sein Telefon.

»Auf gar keinen Fall, du musst mit auf das Bild. Ich füge dich gleich zu unserer WhatsApp-Gruppe hinzu, immerhin gehörst du zu uns.«

Dass sich bei Steffys Worten alles in mir verknotete, sah man mir hoffentlich nicht an.

»Wartet, ich weiß, was wir machen«, sagte Henry und eilte in das Zimmer, das er sich mit Jonas teilte. Gleich darauf kam er mit seinem Selfiestick zurück, den er zu einem kleinen Stativ umfunktionieren konnte. Jonas klemmte sein Smartphone ein, da es seiner Meinung nach die beste Kamera hatte, richtete es aus und startete den Selbstauslöser. Schnell stellten wir uns auf, und natürlich stand Lucas direkt hinter mir. So nahe, dass ich seine Wärme spüren konnte, wodurch er mir weiche Knie bescherte und mein Herz wie irre schlug.

11. DEZEMBER - LUCAS

Wir brauchten mehrere Versuche, bis wir ein ordentliches Foto hatten, bei dem man alle Gesichter sah, jeder die Augen offen hatte und niemand eine blöde Grimasse schnitt, weil der- oder diejenige noch redete. Doch niemandem schien es etwas auszumachen und wir amüsierten uns prächtig. Dass ich nun offiziell ein Teil der Gruppe war und Steffy mich zum Chat hinzugefügte hatte, fühlte sich gut an.

Abgesehen davon war es mir nur recht, dass das Fotografieren eine Weile gedauert hatte. Auf diese Weise hatte ich die Gelegenheit bekommen, mich länger als erhofft in Merles unmittelbarer Nähe aufzuhalten und den Duft ihrer Haare zu genießen.

Als sich nun alle über das Handy beugten und die Ergebnisse kommentierten, war Merle auf die andere Seite ausgewichen und nahm wieder größtmöglichen Abstand zu mir.

»Finns Gesicht auf diesem Foto! O Baby, du siehst so lustig aus! Wie ein Piranha auf der Jagd.« Viola wischte sich Lachtränen aus den Augenwinkeln.

Ihr Freund hatte auf der Aufnahme den Mund offen und schielte gerade in ihre Richtung, was ihn wirklich ein wenig wie einen Raubfisch aussehen ließ.

Finn stürzte sich beißend auf seine Freundin, die sich kreischend auf die Couch flüchtete, während Henry und Lia versuchten, seinen Gesichtsausdruck nachzuahmen. Jonas ließ es sich nicht nehmen, das Ganze mit seiner Handykamera einzufangen, was nur noch mehr für Belustigung sorgte.

Als sich die Situation wieder etwas beruhigt hatte, ging ich in die Küche, um Wasser aufzusetzen. »Wer von euch möchte Tee?«

Der Reihe nach meldeten sich alle bis auf Merle, was mich nicht wundern sollte, mich aber dennoch verletzte.

So konnte es nicht weitergehen. Sobald sich die Gelegenheit ergab und wir beide allein waren, würde ich mit ihr reden. Ich musste einfach erfahren, was ich ihr getan hatte, dass sie so ablehnend auf mich reagierte.

Im Laufe des Vormittags verschwand Merle hinter ihrer Zimmertür und Steffy und Viola schlossen sich ihr an, während Lia es sich mit einem Buch auf der Couch gemütlich machte.

Ich saß bei Jonas, Finn und Henry am Esstisch und spielte mit ihnen Würfelpoker, bis sich bei uns der Hunger meldete. Ursprünglich war für heute ein Essen auf einer Skihütte vorgesehen gewesen, weswegen wir Lias Plan geringfügig ändern mussten und uns dazu entschieden, Spaghetti zu kochen.

Henry und Finn erklärten sich bereit, das zu übernehmen. Unsere Hilfe lehnten die beiden ab, weshalb Jonas und ich es uns auf der Couch bequem machten.

»Sorry, Mann, der Plan hatte ursprünglich ganz anders ausgesehen. Jetzt hockst du erst recht drinnen und kannst nicht wie geplant auf die Piste.«

Ich winkte ab. »Das ist nicht schlimm. Hier bin ich nicht allein.«

Er nickte gedankenverloren. »Was ist das eigentlich mit Merle und dir?«, fragte er schließlich eine Spur leiser.

Schnell schaute ich zum Zimmer der Mädels, in dem irgendwann in der letzten halben Stunde auch Lia verschwunden war und die Tür hinter sich geschlossen hatte.

Mich wunderte es nicht, dass es ihm aufgefallen war. Schon das ein oder andere Mal hatte ich ein Stirnrunzeln bemerkt, und offenbar waren auch andere so ratlos wie ich, was Merles Verhalten betraf.

Knapp zuckte ich mit den Schultern. »Gute Frage.«

Jonas runzelte die Stirn. »Okay … Irgendwie wirkt es, als hättet ihr mal was am Laufen gehabt und du hast sie sitzenlassen.«

Kurz lachte ich auf. »Also, das wüsste ich. Aber nein, wir kennen uns nur vom Sehen. Deshalb weiß ich auch nicht, was ich falsch gemacht haben könnte.«

Jonas schnaubte und verdrehte die Augen. »Frauen …«

Amüsiert stieß ich ihm in die Seite. »Da redet der Richtige.«

»Hä?«

»Na ja … du und deine Schwester habt ja auch nicht gerade den besten Draht zueinander«, sagte ich vorsichtig.

Schnaubend ließ er sich zurücksacken und legte den Kopf an die Rückenlehne. »Steffy ist voll okay, aber … dass sie an Weihnachten immer so übertreiben muss, nervt.«

Abwartend schaute ich ihn an, weil ich das Gefühl hatte, dass da noch etwas kommen würde. Und ich hatte recht.

»Vor fünf Jahren ist unsere Mama gestorben. Sie hat Weihnachten immer groß zelebriert und Steffy hat es sich seit ihrem Tod zur Pflicht gemacht, das ganze Tamtam zu übernehmen und weiterzuführen. Sie macht es bestimmt, um unsere Mutter und wie sie war, nicht zu vergessen. Aber mir ist das … zu viel. Immer noch. Es tut sauweh, wenn du verstehst …« Er schaute ins Feuer und bedrückendes Schweigen senkte sich über uns.

»Das tut mir leid«, sagte ich nach einer Weile.

Jonas atmete geräuschvoll aus. »Lasst euch bitte nicht von mir die Laune und Vorfreude auf Weihnachten verderben. Und sorry, falls ich das bisher getan habe, das war nicht meine Absicht. Ich bin einfach froh, dass ihr mit uns hier seid und Steffy und ich nicht Heiligabend mit Papa und seiner Neuen verbringen müssen. Das würde ich echt nicht packen.«

»Kein Ding. Danke, dass ihr das auf die Beine gestellt habt. Ich finde es großartig hier. Trotz des Eingeschneitseins.« Grinsend stieß ich ihm in die Seite und endlich zuckten seine Mundwinkel nach oben.

»Holt ihr mal die anderen? Das Essen ist gleich fertig«, meinte Henry aus der Küche, der gerade die Nudeln abgeseiht hatte.

»Ich mach schon«, sagte ich, stand auf und tätschelte Jonas tröstend die Schulter.

Vor der Tür der Mädels angekommen, schlug mein Herz ein paar Takte schneller – was lächerlich war. Ich klopfte an und nach einem dumpfen »Ja« öffnete ich sie einen Spalt und streckte den Kopf hinein.

Alle vier lagen oder saßen auf dem unteren Bett, doch mein Blick fiel sofort auf Merle, die im Schneidersitz an die Wand gelehnt saß und ein Kissen auf dem Schoß hatte.

»Das Essen ist fertig«, sagte ich, nachdem ich mich geräuspert hatte, weil meine Stimme fast ihren Dienst versagte.

»Danke, wir kommen gleich«, erwiderte Viola.

Knapp nickte ich und heftete den Blick erneut auf Merles dunklen Lockenkopf, während sich das Schweigen ausdehnte und unangenehm wurde. Doch sie schaute nicht einmal in meine Richtung. Es war echt frustrierend.

Ein Seufzen unterdrückend zog ich die Tür hinter mir zu. »Sie sind gleich da«, erklärte ich den anderen.

Jonas deckte bereits den Tisch und ich beschloss, zwei verschiedene Flaschen Limo von draußen zu holen, die an der Hüttenwand standen und die wir mit einem umgedrehten Karton vor dem Frieren schützten. Erneut hielt ich eine Sekunde länger als nötig inne, um die Schneemassen zu betrachten, wandte mich allerdings ab, als ich die Stimmen der Mädels hörte, und ging zurück nach drinnen.

Um den Abwasch kümmerten sich diesmal Jonas und Steffy, weshalb ich es mir mit dem einzigen Buch, das ich mitgenommen hatte, am Esstisch bequem machte. Ich saß auf der Eckbank, die Beine hochgelegt, ein weiches Kissen im Rücken, und ertappte mich dabei, dass ich mehr über den Rand des Romans hinweg die anderen beobachtete, als dass ich wirklich las.

Hinter mir leuchtete der Stern am Fenster und strahlte sein sanftes Licht auf die Buchseiten. Draußen wurde es schon wieder dunkel.

Finn und Viola hatten sich auf ihr Zimmer zurückgezogen, während der Rest auf der Couch saß. Und mein Blick lag erneut auf Merle. Natürlich – wo sonst?

Als Jonas und Steffy in der Küche fertig waren und sich zur Gruppe auf der Couch dazugesellten, konnte ich endlich im Buch versinken. Vielleicht lag es auch daran, dass Jonas einen Stuhl vom Esstisch ins Wohnzimmer mitgenommen und sich so hingesetzt hatte, dass er mir die Sicht auf Merle versperrte.

»Ich weiß, was wir machen könnten!«, hörte ich Lia mit einem Mal aufgeregt sagen. Augenblicklich hatte sie meine Aufmerksamkeit. »Wir spielen *Wer bin ich!*« Mit diesen Worten war sie bereits aufgesprungen und klopfte an Finns und Violas Tür. »Kommt raus, ihr zwei Turteltäubchen, Zeit für einen Spielenachmittag!«

Auch mich winkte sie zu sich, nachdem sie kurz in ihrem eigenen Zimmer verschwunden und mit einem Block Haftnotizen und einer Handvoll Stifte zurückgekommen war.

Unschlüssig kam ich näher, in erster Linie deshalb, weil Finn und Viola sich die verbliebenen zwei Stühle vom Esstisch geholt hatten. Steffy saß auf einer weichen Flauschdecke und reichte mir die zweite, die ich neben Merle auf den Boden legte und mich ebenfalls darauf niederließ.

»Okay, die Regeln sind allen klar? Ihr schreibt den Namen einer bekannten Persönlichkeit auf einen Zettel und klebt diesen der Person zu eurer Linken auf die Stirn. Anschließend müsst ihr der Reihe nach Fragen zu eurem Charakter stellen, die die anderen mit Ja oder Nein beantworten können. Wer seine Figur errät, hat gewonnen.«

Aufgeregtes Gemurmel erhob sich. Während Henry sofort zu schreiben begann, murmelte Viola etwas, das wie »Mir fällt nichts ein« klang. Keine zwei Minuten später hatte schließlich doch jeder ein Post-it auf der Stirn und die Stimmung schlug in Gelächter um. Viola war Donald Duck, Finn Elvis Presley. Steffy hatte Albert Einstein auf ihrem Zettel stehen, Henry war der Weihnachtsmann und Lia verkörperte Jonas, was irgendwie witzig war. Er selbst hatte Helene Fischer auf der Stirn kleben, was für die lautesten Lacher gesorgt hatte.

Meine Finger zitterten, als ich Merle ihr Post-it aufklebte. Wie irre raste mein Herz und ich musste mich zusammenreißen, sie nicht länger als nötig zu berühren. Dennoch konnte ich es mir nicht verkneifen, mit dem Daumen sanft über die Klebestelle und ihre Haut zu streichen.

Sie schloss währenddessen die Augen und ballte die Hände zu Fäusten. Ob das nun ein Zeichen war, dass sie genoss, was ich tat, oder sie mir am liebsten eine dafür reinhauen wollte, wusste ich nicht. Ich hoffte jedoch, dass es Ersteres war.

Auf ihren Zettel hatte ich Dornröschen geschrieben, nachdem ich bei Viola den Donald Duck gesehen hatte. Weil Merle sich in ein Dornenschloss zurückgezogen hatte und ich nicht zu ihr durchdringen konnte. Weil ich sie zu gern küssen würde, aber erst den unsichtbaren Drachen zwischen uns besiegen musste, wobei ich nicht wusste, wie ich das anstellen sollte.

12. DEZEMBER – MERLE

Konnte man durch eine Berührung verbrennen? Lucas' Daumen an meiner Stirn zu spüren sandte unzählige kribbelnde Funken durch meinen Körper und ich war mir sicher, dass ich jeden Moment in Flammen aufgehen musste. Dabei war es bloß seine Daumenspitze an meiner Haut gewesen.

Es war verrückt, dass mein Körper so auf ihn reagierte. Frech und ungehörig. Und so was von gegen den gesunden Menschenverstand, der wohl gerade völlig ignorant Weihnachtskekse backte und nicht mitbekam, was in mir abging.

Eine hilfreiche Ablenkung war immerhin der Name Barbie auf seiner Stirn, auf den ich mich konzentrieren konnte, sodass ich nicht zu lange in seinen Augen versank. Damit ich nicht noch mehr riskierte, in seinen Bann gezogen zu werden.

»Dann legen wir los – Jonas fängt an«, beschloss Lia, was meine Aufmerksamkeit endlich von Lucas weglenkte.

»Bin ich ein Mann?«, wollte er wissen, was alle mit »Nein« beantworteten und ihm ein Schnauben und ein Augenrollen entlockten. »Wieso nur hab ich das gewusst?«, brummte er und schaute zu Lucas, der als Nächstes an der Reihe war.

»Bin ich eine Frau?«, fragte er und Viola quietschte vor Vergnügen, während die anderen bejahten. Mit der darauffolgenden Frage über seinen Charakter kassierte er jedoch ein Nein, weshalb ich an der Reihe war.

»Ist meine Person noch am Leben?«

Einige antworteten mit einem entschlossenen Ja, während ein paar unschlüssig mit dem Kopf wackelten und Lia Henry in die Seite stieß, als der ihr was ins Ohr raunte.

»Ja, deine Figur ist nicht gestorben«, erklärte Lucas schließlich.

»Okay, aber mit ihr ist etwas passiert, was diesen Zustand fraglich machte.«

»Das ist keine Frage.« Steffy sah mich entschuldigend an.

Kurz überlegte ich. »Ist meine Person ein Mann?«

Als ich ein Nein kassierte, war Henry an der Reihe.

Es ging lustig weiter und Finn hatte tatsächlich als Erstes erraten, dass er Elvis Presley verkörperte, während ich weiterhin im Dunkeln tappte.

Auch Lia hatte schnell ihr Rätsel gelöst, danach folgte Jonas, der laut lachte und damit drohte, dass wir ab sofort nur noch Helene Fischer hören mussten, solange wir hier eingeschlossen waren.

Als schließlich Lucas erriet, dass Jonas ihm Barbie auf die Stirn gepappt hatte, nahm er es mit Humor. Allerdings klebte gleich darauf sein Blick wieder auf mir und mir wurde heiß. Vor allem hatte ich keine Ahnung, wen er mir angedichtet hatte. Viele der Aussagen, die auf ihn zugetroffen hatten, stimmten bei mir ebenfalls: eine fiktive weibliche Person mit blonden Haaren, die bei kleinen Mädchen auf der ganzen Welt beliebt war.

Frustriert seufzte ich, als Steffy ihren Albert Einstein erriet. Ich befand mich in einer Sackgasse, vor allem auch, da sich die anderen anscheinend nicht wirklich einig waren, was die Herkunft meiner Figur betraf. Erleichtert atmete ich auf, als Viola aufgab und sich ihren Zettel anschaute. Somit war ich nicht die Erste und während ich noch Viola mit Steffy diskutieren hörte, dass Donald Duck keine weißen Haare hatte, starrte ich auf das Dornröschen in meiner Hand.

Kurz schaute ich zu Lucas, der mich unverwandt ansah.

Meinen Herzschlag spürte ich inzwischen im Hals. Immer noch war ich mir nicht sicher, ob es Wut war, die in mir brodelte, oder übereifrige Schmetterlinge, die die Message nicht verstanden hatten.

Vermutlich war es eine Mischung aus beidem.

Das Gefühl erreichte seinen Höhepunkt, als Lucas mir zögerlich zulächelte.

Sofort wandte ich den Blick ab und knüllte den Zettel zusammen, während Henry ein tiefes »Ho, ho, ho« tönte.

»Okay, jetzt bin ich dran – spielen wir *Stadt – Land – Fluss*, aber eine Weihnachtsedition davon«, schlug Viola vor.

»Dazu müssen wir uns an den Esstisch setzen«, meinte Henry und wollte bereits aufstehen, doch Lia hielt ihn zurück.

»Ich habe in weiser Voraussicht für jeden einen Block eingepackt. Also … außer für Lucas.« Sie schenkte ihm ein entschuldigendes Lächeln. »Aber das ist kein Problem, ich kann ein Schneidebrett als Unterlage nehmen.« Als wäre bereits alles beschlossen, stand sie auf und eilte los, um alles zu holen.

»Dafür, dass der Tag erst nach einem Reinfall ausgesehen hat, ist es doch ganz witzig, oder?«, fragte Steffy und schaute hoffnungsvoll in die Runde.

Als wir vorhin in unserem Zimmer gewesen waren, hatte sie sich große Vorwürfe gemacht, weil sie diese abgelegene Hütte ausgewählt hatte.

»Es ist toll hier«, sagte Viola schnell und drückte ihre Hand.

Die anderen stimmten ihr ebenfalls zu und dann war Lia auch schon zurück und reichte jedem einen Notizblock.

Als Kategorien legten wir Typisches Weihnachtsessen, Weihnachtsdeko, Weihnachtslied, Geschenkidee, Plätzchensorte und Person, der man was schenkt, fest. Die Weihnachtskekse wurden wieder gestrichen, weil einige der Meinung waren, Plätzchen lieber zu essen, als deren Namen zu kennen. Und die Männer wirkten sowieso leicht überfordert mit den weihnachtlichen Rubriken.

Lucas' heiße Schokolade

Zutaten für 4 Tassen

1 l pflanzliche Milch
2 EL Zucker nach Wahl, zum Beispiel Kokosblütenzucker
1 Prise Salz
80 g vegane Schokolade
1 TL Zimt (optional)
4 EL Kakaopulver
200 ml vegane Schlagsahne
½ Pck. Vanillezucker
Vegane Mini-Marshmallows
Zuckerstreusel

Zubereitung

Erhitze auf mittlerer Stufe 100 ml Milch zusammen mit Zucker, Salz, der in Stücke gebrochenen Schokolade und Zimt nach Geschmack in einem Topf und rühre dabei so lange, bis die Schokolade geschmolzen ist. Gib nach und nach die restliche Milch hinzu und rühre das Kakaopulver mit einem Schneebesen unter.

Schlage die Schlagsahne zusammen mit dem Vanillezucker in einer Rührschüssel steif.

Fülle die heiße Schokolade in vier Tassen und gib mit einem Esslöffel oder einem Spritzbeutel die Sahne darauf. Dekoriere sie nach Belieben mit Mini-Marshmallows und Zuckerstreuseln.

Für eine nicht-vegane Version einfach die Zutaten optional tauschen.

Dass jedoch ausgerechnet Jonas das Spiel gewann, überraschte uns alle.

Finn klopfte ihm auf die Schulter und Steffy stand auf, um ihren Bruder zu umarmen. Ganz sicher bedeutete ihr das besonders viel.

Aus dem Augenwinkel sah ich, wie Lucas aufstand und die Küche anpeilte. »Heiße Schokolade für alle?«, rief er in die laute Runde, woraufhin er begeisterten Applaus erhielt.

»Aber bitte so leckere wie im *KaleidosCup*«, verlangte Steffy und ich warf ihr einen drohenden Blick zu, den sie nicht mitbekam. Denn verdammt, die im Café war zum Niederknien, und ich wusste, dass ich ihr im Gegensatz zum Tee nicht widerstehen konnte.

»Hey, du redest mit dem Spezialisten, selbstverständlich bekommt ihr bei mir nur das Original«, erklärte Lucas mit einem Augenzwinkern.

»Jetzt weiß ich, wieso du so eine große Menge vegane Schokolade und Schlagsahne auf die Einkaufsliste gesetzt hast. Ich dachte ja, du hättest Schweinereien damit vor«, sagte Lia trocken, was die Stimmung wieder zum Überkochen brachte, während sich in mir ein fieser eifersüchtiger Stich ausbreitete, der dort nichts verloren hatte.

Sollte sie doch Lucas haben, wenn sie wollte …

»Okay, sobald unser Barista fertig ist, spielen wir Scharade«, beschloss Finn, als sich die Aufregung etwas gelegt hatte.

Jonas stöhnte verzweifelt auf. Auch ich stützte frustriert den Kopf in die Hand, denn darin war Finn einfach unschlagbar. Logisch, dass er es vorgeschlagen hatte.

»Na gut, aber damit es fair ist, schreibt jeder seinen Namen auf einen kleinen Zettel und wir ziehen unsere Spielpartner.« Henry schaute entschlossen in die Runde und erntete außer von Viola und Finn, die leicht verstimmt wirkten, zustimmendes Nicken.

Währenddessen drang mir bereits der herrlich süße Geruch von Schokolade und Zimt in die Nase. Auch Steffy musste es bemerkt haben, denn sie scharwenzelte zu Lucas und bot ihre Hilfe an.

Weil ich nicht zuschauen wollte, wie sie ihm schöne Augen machte, stand ich auf, um auf die Toilette zu gehen. Die Kühle im Badezimmer tat gut und ich blieb ein paar Sekunden länger als notwendig.

Als ich zurück zu den anderen kam, goss Lucas bereits die heiße Schokolade in Becher, auf die Steffy Schlagsahne und Marshmallows gab und das Ganze mit Zuckerstreuseln dekorierte.

Lucas servierte der Reihe nach die Tassen, und als er mir meine reichte, schaute er mir tief und fast ein wenig fragend in die Augen. So, als wäre er sich nicht sicher, ob ich das Getränk von ihm wirklich annehmen würde.

Kaum dass ich danach griff, strahlte er mich an.

Mist, er sollte mich nicht so ansehen ...

Doch diesmal schaffte ich es nicht, als Erste den Blick abzuwenden. Stattdessen nippte ich an der heißen Trinkschokolade und musste mich sehr zusammenreißen, um nicht genüsslich aufzustöhnen. Der Geschmack von Kakao, Zimt und Zucker flutete meinen Mund und sofort fühlte ich mich zurückversetzt in die Zeit im *KaleidosCup*.

Von meiner stillen Begeisterung wurde ich von Lia abgelenkt, die kleine Zettel auf dem Tisch mischte, auf die sie unsere Namen geschrieben hatte.

»Merle, du bist die Glücksfee und ziehst immer zwei«, entschied sie.

Ich stellte die Tasse auf dem Couchtisch ab und zog das erste Paar. »Jonas und Lia«, verkündete ich, woraufhin sie aufstand und Jonas über den Tisch hinweg ein High Five gab. »Viola und Steffy«, sagte ich als Nächstes und hielt die auseinandergefalteten Papierschnipsel in die Luft.

Ein ungutes Gefühl breitete sich in meinem Bauch aus, das sich bestätigte, als ich die vorletzten zwei Zettel auffaltete. Schweigend schaute ich auf die beiden Namen. Wie von selbst wanderte mein Blick zu Lucas.

»Wer sind die anderen Paare?«, wollte Henry wissen.

»Wir beide.« Finn grinste ihn breit an, ohne mir in die Zettel gelinst zu haben. »Und Merle und Lucas.«

Jonas sog scharf Luft ein und schaute mit gerunzelter Stirn zwischen Lucas und mir hin und her. Auch die anderen wussten nicht so recht, ob sie lachen oder besser das Weite suchen sollten.

Und ich verfluchte einmal mehr die Tatsache, dass Lucas eingeladen worden war.

»Bist du gut in dem Spiel oder können wir es gleich lassen und den anderen zuschauen?«, fragte ich in der Hoffnung, ein kleines Schlupfloch gefunden zu haben. Denn mit ihm in einem Team zu sein, würde bedeuten, ihn immer wieder anschauen zu müssen. Jede seiner Regungen genauestens zu studieren und mit ihm zusammenzuarbeiten.

Doch Lucas' angriffslustiges Grinsen machte mir einen Strich durch die Rechnung. Er beugte sich in meine Richtung, sodass ich ihm automatisch entgegenkam. »Also ich würde sagen, die anderen müssen sich anschnallen.«

Vielleicht lag es an diesem siegessicheren Funkeln in seinen Augen. Womöglich auch ein bisschen daran, dass ich tatsächlich eine realistische Chance sah, zu gewinnen. Henry war in Scharade eine absolute Niete und Finn deshalb auf sich allein gestellt. Viola war nur an der Seite ihres Freundes stark, und Lia und Jonas waren zu analytisch und zu wenig kreativ, um wirklich als gut zu gelten. »Machen wir sie fertig«, raunte ich ihm zu.

13. DEZEMBER - LUCAS

Überrascht schaute ich Merle an. So eine Kampfansage hatte ich wahrlich nicht von ihr erwartet – das Spiel konnte vielleicht doch ganz witzig werden! Und das nicht nur, weil sie meinen Ehrgeiz entfacht hatte.

Einmal hatte ich mit Jonas, Henry und Steffy zusammen Scharade gespielt, auf einer Party, bei der auch einiges an Alkohol im Spiel gewesen war. Dabei hatten sie immer wieder betont, dass sie froh waren, nicht gegen Finn und Viola zu spielen, weil sie sonst haushoch verlieren würden. Demnach war ich gespannt, wie es in dieser Konstellation werden würde.

Damals hatte ich leider einen völlig talentfreien Spielpartner erwischt. Deshalb – in erster Linie jedoch wegen Merles entschlossenem Blick – machte ich mich bereit, alles zu geben. Womöglich konnte ich auf diese Weise ein bisschen mehr zu ihr durchdringen. Und ganz vielleicht würde ich sie sogar zum Lachen bringen können – damit sie so gelöst und fröhlich sein konnte, wie sie sonst immer nur bei den anderen war, wenn sie mich nicht in der Nähe vermutete.

Lia hatte nicht nur Schreibblöcke und Stifte für uns alle eingepackt, sondern auch Scharadekarten, auf denen Begriffe standen, die wir pantomimisch darstellen sollten.

Jonas und Lia starteten, weil Merle ihre Namen als Erstes gezogen hatte. Jonas nahm eine Karte, überlegte kurz und stand auf. Dann zeigte er auf seine Achselhöhlen und seine Füße, und Finn erriet Schweißfüße, noch bevor Lia den Mund hatte öffnen können.

»Wie macht er das?«, raunte ich Merle zu, die mit den Schultern zuckte.

»Keine Ahnung, er ist echt unglaublich in diesem Spiel. Ein Grund mehr, uns ordentlich ins Zeug zu legen.«

Lia notierte einen Punkt bei Finn und Henry, und Viola, die nach der festgelegten Reihenfolge nun mit Steffy an der Reihe war, zog die nächste Karte.

Herausfordernd schaute sie über deren Rand hinweg ihren Freund an, der sie angrinste.

»Hey, keine stumme Kommunikation zwischen euch!«, rief Steffy.

Viola räusperte sich, bevor sie loslegte. Sie hob ihren Zeigefinger und begann, schwerfällig zu gehen, als ob ihre Beine in irgendetwas feststecken würden. Anschließend hielt sie Zeige- und Mittelfinger in die Höhe, um das zweite Wort anzukündigen, und bückte sich, um ein imaginäres Etwas aufzuheben und zu werfen.

»Schlammschlacht!«, rief Merle fast im gleichen Moment, als Finn »Schneeballschlacht« sagte.

»Merle hat es erraten«, erklärte Viola, was Steffy verzweifelt aufstöhnen ließ und meine Teampartnerin und mich zum Jubeln brachte. Als hätte nie etwas zwischen uns gestanden, gaben wir uns ein High Five, und Merle erwiderte mein Strahlen, was mich völlig aus der Bahn warf.

Im Anschluss waren Finn und Henry an der Reihe. Die beiden vereinbarten, dass Henry das Wort mimen sollte. Er ruderte mit seinen Armen und verzog sein Gesicht zu Grimassen. Doch niemand kam dahinter, dass damit der Begriff Schönheits-OP gemeint war.

Ich spürte fast etwas wie Aufregung, als wir an der Reihe waren.

»Soll ich oder willst du?«, fragte ich Merle, die kurz überlegte.

»Zieh du die Karte«, beschloss sie und ich nickte.

Gespannt nahm ich die oberste auf dem Stapel und las: Schaukelpferd.

Geräuschvoll atmete ich durch, legte die Spielkarte mit dem Wort nach unten auf den Tisch und stand auf.

Merle nickte mir aufmunternd zu. Und ich gab mein Bestes. Hob Zeige- und Mittelfinger, um zu verdeutlichen, dass sich das Wort aus zwei Begriffen zusammensetzte. Dann wiederholte ich die Geste, da ich zuerst das Pferd darstellen wollte. Ich schob meinen Unterkiefer zurück, entblößte die obere Zahnreihe und riss die Augen weit auf, ehe ich vor ihr auf und ab galoppierte. Und verdammt, ihr Lachen war schon Sieg genug für mich.

Ich hielt den Zeigefinger nach oben, während die Leute alle möglichen Wörter einwarfen, die mit einem Pferd, mit Reiten oder Tieren zu tun hatten, doch Merle schaute mich nur aufmerksam an.

Den linken Fuß vorne, den rechten hinten, wippte ich zwischen beiden hin und her und wie aus der Pistole geschossen kam »Schaukelpferd« von Merle, vielleicht eine halbe Sekunde vor Finn, der es ebenfalls erraten hatte.

Als ich »Ja!« rief, sprang sie euphorisch auf und klatschte mit mir ab.

Dass uns die anderen amüsiert und interessiert beobachteten, ignorierte ich. Sie nicht, denn mit einem Mal wurde ihr bewusst, dass die Mauer zwischen uns gerade nicht existierte. Sie räusperte sich und setzte sich zurück an ihren Platz, beide Hände unter ihren Oberschenkeln, als würde sie sich davor hüten, ein weiteres Mal mit mir einzuschlagen.

Doch das war mir egal. Ich baute darauf auf und im Laufe des Spiels taute sie mehr und mehr auf. Am Ende lagen wir lediglich einen Punkt hinter Finn und Henry – oder eher hinter Finn, denn die meisten Begriffe hatte er im Alleingang erraten – und drei Punkte vor Viola und

Stadt – Land – Weihnachten

TYPISCHES WEIHNACHTSESSEN	WEIHNACHTSDEKO	WEIHNACHTSLIED

GESCHENKIDEE	PERSON, DER MAN ETWAS SCHENKT	STERNE

0 Sterne, wenn man planlos war
5 Sterne, wenn man dieselbe Idee wie jemand anderes hat
10 Sterne, wenn man ein anderes Wort als die anderen hat
20 Sterne, wenn sonst niemand so schlau war

Steffy. Lia und Jonas hatten gerade mal eines der Wörter erraten, als die letzte Runde startete.

Lia sollte Krankenschwester darstellen und zeigte freudestrahlend auf sich selbst. Jonas warf Begriffe von Asiatin über Frau und Schönheit ein, doch es war Merle, die auf die richtige Antwort kam.

Als Steffy an der Reihe war, hatte sie das Wort Kettenkarussell, aber niemand konnte es erraten.

Und Finn sollte Osterhase darstellen, was wirklich einfach war, doch in dem Moment, in dem Henry Känguru sagte, warf Viola den richtigen Begriff ein und entschied die Runde für Steffy und sich.

Nun waren Merle und ich wieder an der Reihe. Wenn ich erriet, was sie pantomimisch darstellte, würden wir, weil wir ein Team waren, zwei Punkte erhalten und gewinnen. Auf uns lastete also eine Menge Druck, der größer wurde, als sie die Karte zog und verzweifelt aufseufzte.

»So schwer?«, wollte ich wissen, doch sie antwortete nicht, wirkte konzentriert.

»Bereit?«, fragte Finn, bestimmt, um sie zu stressen und aus dem Konzept zu bringen, damit wir Henry und ihn nicht vom Siegertreppchen stoßen würden.

Merle sah mir tief in die Augen und nickte.

Sie stand auf und tat, als würde sie etwas mit einer Art Schöpfkelle irgendwo hingießen. Dann drückte sie senkrecht ihre beiden Fäuste aufeinander, schaute auf ihre Uhr, machte die Bewegung mit den Fäusten in umgekehrter Richtung erneut. Anschließend formte sie ein Herz mit ihren Fingern, das sie von vor sich hochzunehmen schien, und führte es zu ihren Lippen, wo sie tat, als würde sie abbeißen.

»Lebkuchenherz!« Das kam von Steffy.

»Bügelpresse«, meinte Jonas, woraufhin er von Viola und Lia einen schrägen Blick erhielt.

»Donutmaschine, Zuckerguss, Waffelherz«, riet Finn.

Merle machte ein weiteres Mal diese schließende Bewegung mit den Fäusten.

»Waffeleisen!«, rief ich und sie jauchzte auf.

Ich sprang auf, wollte mich ihr anschließen, hielt jedoch inne, als sie einen Blick auf ihre Karte warf, als wäre sie sich nicht mehr sicher, ob es das richtige Wort war. Doch dann stieß sie einen Jubelschrei aus und fiel mir um den Hals.

Mein Herzschlag setzte für einen Moment aus, ehe er mit voller Kraft seinen Dienst wieder aufnahm.

Ich wirbelte Merle herum und dankte Finn im Geiste dafür, Scharade vorgeschlagen zu haben.

Die anderen freuten sich mit uns – vermutlich aber auch deshalb, weil das Spiel offenbar die Spannungen zwischen uns vertrieben hatte. Und obwohl ich nach wie vor nicht wusste, was sie gegen mich gehabt hatte – oder immer noch hatte –, war ich erleichtert, dass sie mich nicht mehr mit Blicken erdolchte.

»Du warst großartig«, sagte ich.

Aus ihren hellblauen Augen schaute sie zu mir hoch. Ein Leuchten lag darin, das ich vermutlich so schnell nicht vergessen würde. »Du auch«, hauchte sie, ehe sie verlegen einen Schritt zurücktrat und sich die Hände an der Jogginghose abwischte.

»Okay, Leute, danke für das Spiel, ich ziehe mich aufs Zimmer zurück und lecke die Wunden meiner Niederlage.« Jonas stand auf und salutierte vor uns, ehe er unter verhaltenem Gelächter durch seine Tür verschwand.

Merle half Lia aufzuräumen, und ich saß auf dem Stuhl und sah ihnen dabei zu. Doch sie beachtete mich nicht mehr und Sorge stieg in mir auf, dass schon wieder alles beim Alten war.

Ein Seufzen unterdrückend stand ich auf und brachte die leeren Tassen in die Küche. Kurz darauf half Merle mir wortlos beim Spülen.

»Das hat Spaß gemacht«, versuchte ich noch einmal, auf unsere Teamleistung einzugehen.

Sie nickte lächelnd.

Zögernd wagte ich mich einen Schritt weiter. »Manchmal hatte ich das Gefühl, als wären wir voll auf einer Wellenlänge. Als würdest du das Wort vor dir sehen, noch bevor ich es fertig dargestellt habe.«

»Ja, oder? Das war echt verrückt«, gab sie zu und überraschte mich damit so sehr, dass es mir erst einmal die Sprache verschlug.

»Also ich bin dafür, dass wir in Zukunft bei diesem Spiel immer in einem Team sind«, sagte ich schließlich.

Darauf schwieg sie.

Verflixt, sie verschloss sich schon wieder. Machte nur ein vage zustimmendes Geräusch, ehe sie das Geschirrtuch aufhängte und sich mit einem gemurmelten »Ich bin dann mal auf dem Zimmer« verabschiedete.

Ratlos blickte ihr hinterher. War der Moment zwischen uns schon wieder vorbei? Hatte sie sich nur für das Spiel geöffnet und mir ihre wahre Seite gezeigt?

Frustriert fuhr ich mir mit einer Hand durch die Haare, ehe ich beschloss, mich ebenfalls zurückzuziehen. Denn gerade hatte ich keine Lust, dass mich einer von den anderen auf das ansprach, was vorhin zwischen Merle und mir geschehen war.

14. DEZEMBER - MERLE

Mein Kopf schwirrte, als ich mich auf das Bett fallen ließ. Was genau war da eben zwischen Lucas und mir passiert? Vor allem: Wie hatte ich für einen Augenblick vergessen können, aus welchem triftigen Grund ich ihn hatte meiden wollen?

Doch als ich an seine lustigen Gesichtsausdrücke dachte, daran, wie er mir konzentriert zugesehen hatte und wie sehr er lachte, schmolz ich schon wieder dahin. Ganz ohne dass ich es kontrollieren konnte.

Seine Worte, dass er auch in Zukunft mit mir gemeinsam im Team sein wollte, wiederholten sich in meinem Kopf und trieben eine wohlige Wärme durch meinen Körper.

In unserem Badezimmer rauschte die Klospülung, jemand wusch sich die Hände und kurz darauf trat Lia heraus, die mich anlächelte. »Na, alles okay?«

»Ja, ich bin nur müde. So ein Faulenzer-Tag kann auch echt anstrengend sein.« Das war nur ein Teil der Wahrheit – dass ich dringend Abstand zu Lucas brauchte, um meine verwirrenden Gefühle in den Griff zu bekommen, behielt ich für mich.

Doch Lia konnte ich nichts vormachen. »Scheint, als hätte sich das zwischen Lucas und dir wieder eingerenkt«, kam sie direkt auf den Punkt, als sie sich zu mir setzte.

Meine Antwort bestand aus einem Schulterzucken. »Ich weiß nicht, was du meinst.« Vor meinem inneren Auge sah ich einen imaginären Heiligenschein über meinem Kopf aufleuchten.

»Mhm«, machte Lia, unterlegt mit einem Singsang, der mir verdeutlichte, dass sie mir kein Wort glaubte. Allerdings bohrte sie nicht weiter nach. »Soll ich dich später zum Abendessen holen?«

Erleichtert atmete ich auf. »Das wäre super, danke.«

Sie nickte und ließ mich allein. Und Gott, ich war echt froh, einen Moment durchatmen zu können und für mich zu sein. Um meine Gefühle zu sortieren und mir Gedanken darüber zu machen, wie ich Lucas am besten ansprechen könnte auf das, was damals geschehen war. Denn nun, nachdem ich erneut eine so große Dosis von ihm und seiner netten Art zu spüren bekommen hatte, wollte ich mehr davon. Und dazu musste ich klären, was zwischen uns stand …

Am darauffolgenden Morgen wurde ich durch ungewöhnliche Geräusche wach. Es klang nach einem Motor, und vermutlich hätte ich dem keine Bedeutung beigemessen, wenn es gestern nicht den ganzen Tag so still gewesen wäre.

Ich rieb mir die Augen, schlüpfte in meinen warmen Pullover und tapste zum Fenster, wo ich die Vorhänge ein Stück zur Seite schob.

Im diesigen Tageslicht waren Scheinwerfer zu sehen und jemand stapfte auf unsere Hütte zu.

Ein rascher Blick zur oberen Etage des Bettes verriet mir, dass Lia und Steffy noch schliefen, weshalb ich schnell in eine Jogginghose schlüpfte und aus dem Zimmer schlich.

Allerdings war ich nicht die Einzige, die wach geworden war. Denn im selben Moment, als ich die Tür hinter mir schloss, tat dies auch unser Zimmernachbar – Lucas.

»Guten Morgen«, raunte er und schenkte mir ein Lächeln, das mich schwindelig machte. Seine Haare standen wirr zu allen Seiten ab.

»Morgen. Da ist jemand draußen«, erklärte ich unnötigerweise in dem Moment, als es klopfte.

Mein Herz machte einen Satz. Lucas ging zur Tür. Ich folgte ihm, hielt aber etwas Abstand. Nur zur Sicherheit. Wer wusste schon, wer das war …? Nachdem wir gestern Abend einen Horrorfilm geschaut hatten, war ich vermutlich noch etwas paranoid.

»Guten Morgen, ist bei euch alles okay?« Ein Mann mit Vollbart und Mütze stand in gelber Warnweste und hohen Stiefeln vor uns und schaute von Lucas zu mir und zurück. Er hatte einen lustigen österreichischen Akzent und ich musste mich konzentrieren, ihn zu verstehen.

»Ja, wir wurden eingeschneit, aber uns geht es gut«, antwortete Lucas. »Wir haben Strom und warmes Wasser. Und ausreichend Lebensmittel sowie genug Holz für den Kamin. Lediglich das Festnetztelefon ist tot. Oder war es zumindest gestern Abend noch.«

Der Mann nickte. »Durch den starken Schneefall sind einige Telefonmasten umgekippt. Der Schaden wird erst behoben, aber wir haben die Straße zu euch freigeräumt. Ihr könnt also ab sofort wieder runter ins Dorf.« Erneut schaute er kurz zu mir, ehe er uns zum Abschied zunickte und sich auf den Weg zurück zu seinem Räumfahrzeug machte.

Langsam trat ich in die Tür, weil ich mich selbst davon überzeugen wollte, wie es draußen aussah. Tatsächlich war die Zufahrt geräumt.

Erst jetzt fielen mir zwei weitere Männer auf, die mit großen Schneeschippen die weißen Massen rund um unsere Autos zur Seite schoben, wo sich der Fahrer vermutlich

nicht rangetraut hatte, um keinen Schaden anzurichten.

Die beiden hoben zum Gruß die Hand, fixierten die Schaufeln außen am Räumfahrzeug und kletterten in die Fahrerkabine. Anschließend wendete das Gefährt und Stille senkte sich über uns, als das Motorengeräusch verklang.

»Haben wir Schneeschaufeln?«, fragte ich Lucas, der nickte.

»Hast du noch nie hinter die Hütte geschaut?«

Ich schüttelte den Kopf.

»Neben dem Hot Tub ist ein Schuppen, in dem unter anderem Schaufeln sind.«

»Wir haben einen Whirlpool?«

»Ja, Jonas hat ihn erwähnt, als er mich eingeladen hat. Wundert mich, dass Steffy euch das nicht gesagt hat. Hast du keinen Bikini eingepackt?«

Erneut verneinte ich. »Sie meinte zwar, wir sollen Badesachen mitnehmen, aber ich habe das für einen Scherz gehalten.«

»Dann musst du entweder auf den Whirlpool verzichten oder … « Er zwinkerte mir zu.

Statt ihm zu antworten, funkelte ich ihn an und drehte mich um, um zurück in die Hütte zu gehen.

Ich hörte Lucas geräuschvoll durchatmen, ehe er mir folgte. »Warte, Merle, das war nicht so gemeint. Also, du weißt schon … das war ein Scherz!« Er holte mich in der Küche ein, wo ich Wasser aufsetzte. »Können wir … reden? Ich weiß echt nicht, was ich falsch gemacht habe, dass du mir aus dem Weg gehst und mich ansiehst, als hätte ich dir die letzten Weihnachtskekse vor der Nase weggeschnappt.«

Ich verschränkte meine Arme vor der Brust. Schaute ihn an und konnte die Verzweiflung in seinen Augen erkennen. Ihm lag wirklich viel an dieser Aussprache. Aber es war kurz nach sieben Uhr morgens und ich hatte noch nicht einmal Kaffee. Andererseits wäre jetzt die ideale Gelegenheit, es endlich auf den Tisch zu bringen.

Um Worte ringend öffnete ich den Mund. »Keine Ahnung, ob du dich daran erinnerst, aber bei meinem letzten Besuch im *KaleidosCup* vor acht Monaten …«

Die Tür von Violas und Finns Zimmer ging auf und die beiden kamen heraus. »Wer war das?«, wollte Finn wissen.

»Wir haben einen Motor und Stimmen gehört.« Viola wirkte aufgeregt, wohingegen die Anspannung in mir zusammenfiel. Fast hätte ich es Lucas gesagt, aber jetzt war der Moment vorbei. Auf keinen Fall würde ich dieses Gespräch vor den anderen führen. Weil es mir immer noch unglaublich unangenehm war und ich nicht wusste, wie Lucas reagieren würde. Gott, ich hatte richtig Angst vor seiner Reaktion. Würde er mich auslachen? Mir eine Seite von sich zeigen, von der ich in den letzten Tagen und Stunden nichts gemerkt hatte? Oder würde er es abstreiten? Mir erklären, dass ich mir das alles eingebildet hatte … oder dass ich überreagierte?

In Lucas' Augen lag Bedauern – auch er schien zu wissen, dass wir dieses Gespräch auf ein anderes Mal vertagen mussten. Er wandte sich Finn und Viola zu. »Die Straße zu uns ist wieder frei, und an der Telefonleitung wird gearbeitet.«

»Yeah, das sind großartige Neuigkeiten«, stieß Finn aus, strahlte Viola an, zog sie an sich und küsste sie. »Dann können wir ja heute auf die Piste.«

Wieder öffnete sich eine Tür und Jonas und Henry kamen zu uns. »Was ist los?« Jonas rieb sich verschlafen die Augen und setzte seine Brille auf.

Während wir die beiden ebenfalls auf den neuesten Stand brachten, stießen auch Lia und Steffy zu uns.

»Wir sollten ordentlich frühstücken und dann auf den Berg«, meinte Lia und begann, in der Küche zu hantieren.

Jonas und Lucas halfen ihr, während ich den Tisch deckte und die anderen sich ins Bad zurückzogen.

Immer wieder schaute ich zu Lucas und ärgerte mich, dass wir die Gelegenheit zu reden nicht hatten nutzen können. Jetzt, nachdem ich den ersten Schritt gemacht hatte, brannten die ungesagten Worte förmlich auf meiner Zunge und ich konnte mir nur annähernd vorstellen, wie Lucas danach lechzte, sie zu hören. Denn immer, wenn ich seinem Blick begegnete, schaute er mich verzweifelt und bedauernd an. Und das machte ihn irgendwie noch süßer – obwohl ich nach wie vor dagegen ankämpfte, so über ihn zu denken.

15. DEZEMBER - LUCAS

Wir haben einen Besen gefunden!« Viola und Lia kamen gemeinsam mit Jonas um die Ecke, alle ausgerüstet mit Schneeschippen und besagtem Kehrgerät, mit denen wir die Autos freilegen wollten.

Ich wartete vor der Hütte und hatte bereits versucht, mit dem Arm Schnee von den Autodächern zu schieben. Aber zum einen war er verdammt schwer, zum anderen wäre es unklug, wenn meine Kleidung durchnässt war, bevor wir überhaupt auf der Piste angekommen waren.

Von Jonas nahm ich eine der Schneeschaufeln entgegen und begann, die Schneemassen zwischen meinem und dem daneben stehenden Fahrzeug wegzuschippen. Auch die anderen halfen mit und bald darauf konnten wir unsere Autos erkennen.

Lia schaffte es, in ihren Wagen einzusteigen und den Eiskratzer zu holen, während Merle mit dem Handbesen die Motorhaube von Jonas' Audi von der weißen Masse befreite.

Wir waren fast fertig, als mich etwas eiskalt im Nacken traf.

Empört drehte ich mich um und sah Henry, der mich herausfordernd angrinste.

»Hast du …? War das …?« Noch bevor ich den Satz zu Ende hätte sagen können, flog der nächste Schneeball auf mich zu. Im letzten Moment schaffte ich es, auszuweichen. »Na warte«, brummte ich, rammte die Schneeschaufel in den Berg, den ich hinter meinem und Jonas' Auto angehäuft hatte, und bückte mich, um zum Gegenschlag auszuholen.

Mein Ball verfehlte Henry knapp, traf jedoch Lia an der Schulter, die aufkreischte.

Im ersten Moment dachte ich, sie würde mir gleich eine Standpauke halten, doch sie funkelte mich kurz an, ehe sie mit teuflischem Gesichtsausdruck zurückschlug.

Im nächsten Moment stellten sich Merle und Steffy auf meine Seite, und Henry, Lia und Finn waren in der gegnerischen Truppe. Jonas und Viola hielten sich raus, beobachteten uns amüsiert und filmten von der Veranda aus.

Die Autos nutzten wir für die Deckung. Während Steffy unablässig Schneebälle für uns formte, schleuderten Merle und ich diese mit voller Wucht auf die anderen. Ich landete ein paar gute Treffer – Henry an der Schulter und Finn auf der Stirn. Lia verpasste ich nur knapp am Kopf, gerade als Merle sich an der Windschutzscheibe hervorwagte, warf und … heftig im Gesicht getroffen wurde. Schnell sank sie neben dem Reifen in die Knie.

»Mist, das sah übel aus. Alles okay?« Ich beugte mich zu ihr, während Steffy die Verteidigung übernahm. Keine Ahnung, ob den anderen aufgefallen war, dass sie Merle erwischt hatten. Vermutlich nicht, da nach wie vor Schneebälle in unsere Richtung flogen.

Aus großen Augen sah sie zu mir hoch, während sie sich eine Hand an die Wange hielt. »Geht schon.«

Sanft zog ich an ihrem Handgelenk, um einen Blick auf die getroffene Stelle zu werfen. Die Haut war gerötet.

Am liebsten wollte ich meine Handschuhe ausziehen und ihr darüberstreichen, doch Merle überraschte mich. »Komm, wir machen die fertig. Angriff von der anderen Seite.«

»Okay«, raunte ich ihr zu und konnte meine Begeisterung nicht verbergen.

»Helft mir mal!«, rief Steffy verzweifelt, die sich vor lauter Schneebällen, die ihr um die Ohren flogen, kaum aufrecht halten konnte.

Ich stand auf, zielte noch einmal in die gegnerische Richtung. Auch Merle tat es mir gleich, dann rannten wir geduckt um die Autos herum auf unsere Gegner zu, je drei von Steffys Geschossen in den Händen.

Diese tat von ihrem Versteck aus alles, um uns Rückendeckung zu geben.

Dann sprang Merle Henry auf den Rücken und rieb sein Gesicht mit Schnee ein, während ich mir einen Schneeball-Nahkampf mit Finn lieferte. Auch Steffy kam nach, doch Lia und sie hielten sich zurück und schauten uns lachend zu.

»Du hast mich voll an der Wange getroffen!«, beschwerte sich Merle bei Henry, der ihrem Angriff prustend auszuweichen versuchte.

»Hey, das war keine Absicht!« Er hob sie einfach hoch und warf sie über seine Schulter, bis sie kreischte.

Ich spürte einen fiesen eifersüchtigen Stich in meiner Brust. Nicht, dass ich vorgehabt hätte, Merle wie ein Neandertaler zu schultern und womöglich sogar zurück in die Hütte zu tragen – aber mit ihr so unbeschwert herumzualbern, stellte ich mir schön vor. Wobei … hatten wir das nicht gerade getan?

Doch. Bei dieser Schneeballschlacht hatte nichts mehr zwischen uns gestanden. Wir waren ein Team gewesen – erneut – und sie hatte mich angestachelt, es den anderen heimzuzahlen.

»Denkt ihr nicht, dass wir uns auf den Weg machen sollten?«, rief Viola. »Sonst ist es dunkel, bevor wir es einmal die Piste hinuntergeschafft haben.«

»Es ist erst kurz nach acht und vor halb neun macht sowieso keine Bergbahn auf«, sagte Steffy und klopfte sich den Schnee von ihrer Kleidung.

Unsere Ski, die Stöcke und Snowboards verteilten wir auf die beiden Dachboxen. Da wir alle bereits die Skiklamotten angezogen hatten und die Autos nun freigelegt waren, konnten wir losfahren. Fast war ich enttäuscht, als ich sah, dass Henry bei den Mädels mitfuhr, während Viola wieder bei uns einstieg. Hätte ich schneller geschaltet, würde ich jetzt mit Merle in einem Auto sitzen.

Trotz der halbwegs geräumten Straßen kamen wir nur langsam voran, was auch an den anderen Autos lag, die noch mehr Respekt vor dem Schnee auf den Straßen hatten als Lia und Jonas.

Meine Vorfreude, gleich die Piste hinunterzufahren, stieg immer weiter. Letztes Jahr wollte ich mit Ella in den Skiurlaub fahren, doch stattdessen hatte sie mich abserviert und ich war zu Hause in Liebeskummer ertrunken …

Jonas fand eine Parklücke direkt neben Lia. Ich zog meine Skischuhe an und stakste mit den anderen zur Kasse, um mir mein Ticket für die Gondel zu kaufen.

Während der Fahrt nach oben beschlossen Merle und Lia, sich eher bei den leichteren Pisten aufzuhalten. Der Rest von uns zählte sich zu den Fortgeschrittenen. Ich freute mich auf die steileren Abfahrten.

Kurioserweise durchbrachen wir ungefähr auf der Hälfte der Strecke die dicke Wolkendecke und uns erwartete strahlend blauer Himmel und glitzernder Neuschnee. In mir kribbelte alles, weil ich es kaum erwarten konnte, endlich wieder Ski zu fahren.

Wir vereinbarten, uns um zwölf bei der Hütte an der Bergstation zu treffen, um gemeinsam zu Mittag zu essen. Steffy, Viola und Finn waren mit ihren Snowboards unterwegs und wollten eine andere Piste probieren als Henry, Jonas und ich. Also trennten auch wir uns und kurz darauf saß ich mit meinen beiden Kumpels in einem Sessellift, der uns ein Stück weiter auf den Berg brachte.

»Finn meinte vorhin, dass Viola und er heute Morgen Merle und dich überrascht haben«, sagte Jonas, als wir noch nicht lange unterwegs waren.

Mit hochgezogener Augenbraue beugte ich mich vor und schaute meinen Kumpel an. »Ich hab keine Ahnung, was genau er gesehen hat, aber zwischen Merle und mir läuft nichts.«

Jonas zuckte mit den Schultern. »Er meinte, es hat so ausgesehen, als hättet ihr fast geknutscht.«

Ein knappes Lachen brach aus mir hervor. »Nein, glaub mir, das ist garantiert nicht passiert.«

»Ich dachte, du bist scharf auf sie?«, mischte sich nun Henry ein.

»Merle ist ... toll, aber ...«, begann ich.

»Ihr habt noch immer nicht geklärt, was los ist?«, fiel Jonas mir ins Wort.

»Nein. Wir wurden heute Morgen von Finn und Viola unterbrochen, als wir darüber reden wollten«, sagte ich und fühlte erneut den Frust darüber in mir.

Jonas stöhnte mitfühlend auf. »Okay, ihr solltet das echt klären.«

»Danke für diesen Ratschlag, Herr Doktor«, sagte ich mit sarkastischem Unterton. »Das würde ich auch gerne, nur ist es in dieser Hütte irgendwie schwer, ungestört mit ihr zu reden.«

»Nimm sie mit auf dein Zimmer«, schlug Henry vor und wackelte mit den Augenbrauen.

Als ob Merle sich darauf einlassen würde ...

»Es wird schon noch der richtige Zeitpunkt dafür kommen.«

Die beiden nickten und ließen das Thema auf sich beruhen, worüber ich echt froh war. Zumindest wussten sie nun Bescheid, dass sie Merle und mich besser nicht stören, wenn ich mich mit ihr zurückzog, um mit ihr zu reden. Hoffentlich hatten wir bald Gelegenheit dazu.

Als ich den Steilhang hinunterbretterte, merkte ich, wie sehr ich das Skifahren vermisst hatte. Schon als Kind war ich mit meinen Eltern immer auf den Pisten unterwegs gewesen. Auch mit Ella war ich mindestens einmal, wenn nicht öfter im Jahr, in die Berge gefahren. Und kurz erlaubte ich mir den Gedanken, dass ich diese Tradition mit Merle fortführen könnte ... Ich hätte kein Problem damit, leichtere Pisten zu nehmen, wollte mich Lia und ihr allerdings nicht aufdrängen. Mal davon abgesehen, dass ich genau das hier, diese Geschwindigkeit und das damit einhergehende Gefühl von Freiheit, gerade dringend brauchte.

Gegen Mittag kamen Henry, Jonas und ich an der Bergstation bei unserem Treffpunkt an. Lia und Merle waren bereits da und hielten einen großen Tisch für uns frei. Er stand auf der weitläufigen Terrasse direkt in der Sonne – einfach perfekt.

Als die drei Snowboarder auch endlich ankamen, bestellten wir unser Essen und die Getränke. Und Merle setzte sich mir direkt gegenüber, woraufhin ich aus dem Grinsen kaum heraus kam.

16. DEZEMBER - MERLE

»Spannender Augenflirt heute Mittag zwischen Lucas und dir«, sagte Steffy und ließ sich auf mein Bett fallen.

Bei Dämmerung waren wir zurück in der Hütte angekommen, alle völlig erledigt. Wobei … nicht alle. Finn, Henry, Lucas, Viola und Lia beschlossen kurz darauf, noch in eine Bar zu fahren. Ich spürte allerdings jeden Zentimeter meines Körpers von der ungewohnten Anstrengung und ich würde morgen den Muskelkater meines Lebens haben. Außerdem fühlte ich mich völlig gerädert.

Steffy schien es ähnlich zu gehen, denn sie hatte sich mir angeschlossen und war in der Hütte geblieben. Jonas ebenfalls. Er fühlte sich seit heute Nachmittag nicht mehr ganz fit, weshalb er sich ins Bett gelegt hatte.

Seine Schwester hatte dafür gesorgt, dass es ihm an nichts fehlte, und hatte ihm eine Tasse Tee und hochdosiertes Vitamin C verabreicht.

Als ich verkündet hatte, dass ich nicht mit in die Bar fahren würde, war mir Lucas' Blick aufgefallen. Das wäre die ideale Gelegenheit zu reden, aber kaum dass Steffy und Jonas verkündet hatten, zu bleiben, hatte Lucas sich den anderen angeschlossen. Warum er nicht mit uns zur Hütte gefahren war, war mir ein Rätsel. Womöglich wäre das die einzige Chance für uns gewesen, in Ruhe zu reden.

»Was du schon wieder siehst …«, ging ich grinsend auf Steffys Spekulationen ein und machte es mir neben ihr im Schneidersitz bequem, während *Two Queens In A King-Sized Bed* aus ihrer Box drang.

»Das hat jeder mitbekommen. Sogar der Wirt, das kannst du mir glauben. Die Funken haben förmlich zwischen euch gesprüht.«

»Du bist verrückt«, sagte ich lachend, konnte aber das Kribbeln im Bauch nicht ignorieren, das sich dort bemerkbar machte.

»Was ist jetzt mit euch beiden? Weil … ich versteh es nicht.«

Tief sog ich Luft in meine Lungen. »Gute Frage. Vor einiger Zeit dachte ich, ich hätte mich in ihn verguckt aber … dann hat er mir eine Seite von sich gezeigt, die mir schnell klargemacht hat, dass ich mich von ihm besser fernhalte.«

Fragend runzelte Steffy die Stirn. Da beschloss ich, mich zum ersten Mal jemandem anzuvertrauen und zu erzählen, was passiert war.

»Letzten Frühling war ich im *KaleidosCup* – allein. Ich wollte lediglich einen Kaffee holen oder … nein, so ganz stimmt es nicht. Der eigentliche Grund für meinen Abstecher ins Café war Lucas. Damals kannten wir ihn nur vom Sehen – von Henry und Jonas mal abgesehen – und ich hatte vor, das zu ändern, ihn anzusprechen und um seine Nummer zu bitten.«

Steffys Mund klappte auf, doch ich ließ sie nicht zu Wort kommen.

»Ja, ich weiß, ich habe euch nie etwas davon erzählt, aber nur, weil ich nicht wollte, dass ihr auf ihn zugeht und ihn auf mich aufmerksam macht, bevor ich ihn hätte ansprechen können.« Steffy und Viola wäre das tatsächlich zuzutrauen und mir wäre es megapeinlich gewesen.

Meine Freundin rollte mit den Augen, wovon ich mich allerdings nicht beirren ließ.

»Jedenfalls habe ich meinen Kaffee von einer seiner Kolleginnen bekommen und wollte fast wieder gehen, weil mich der Mut verlassen hat. Du weißt, ich habe noch nie einen Typen angesprochen.«

Allein wenn ich daran zurückdachte, wie nervös ich gewesen war, um Lucas zu sagen, dass ich an ihm interessiert war, klopfte mein Herz schneller.

»Ich stand also vor ihm, er mit dem Rücken zu mir. Als ein Kollege ihn anstupste, drehte er sich zu mir um. Doch ich kam gar nicht dazu, ihn um seine Nummer zu bitten. Er würdigte mich kaum eines Blickes und sagte etwas wie ›Die hat mir gerade noch gefehlt‹, bevor er sich von mir abwandte. Genervt und fast schon … angeekelt, dass ich im Grunde einfach hätte umdrehen und gehen sollen. Sein Gesichtsausdruck war …« Geräuschvoll atmete ich aus. »So kennst du ihn nicht, Steffy. Er hat geschnauft, als wäre ich sein schlimmster Albtraum. Dann hat er zu seinem Kollegen gesagt, dass er sich das nicht geben muss. Hat seine Schürze ausgezogen und mir im Davoneilen einen finsteren Blick zugeworfen, den ich bis heute nicht vergessen kann.«

Entgeistert schaute Steffy mich an. »Das kann ich mir gar nicht vorstellen.«

Enttäuscht ließ ich die Schultern hängen. »Ich sage die Wahrheit.«

»Süße, so meinte ich das nicht. Natürlich glaube ich dir, doch … dass Lucas so reagiert, hätte ich nicht gedacht. Ich meine … du bist hübsch und klug und witzig und … ja, ein bisschen schüchtern. Allerdings rechtfertigt nichts sein Benehmen.«

Traurig schaute ich sie an. »Ich kann es mir immer noch nicht erklären.«

»Aber jetzt verstehe ich zumindest, warum du nicht mehr ins *KaleidosCup* gehst und dich nicht gerade gefreut hast, dass er hier ist. Trotz alledem … gibt er sich echt Mühe. Denkst du, er bereut, wie er sich verhalten hat?«

»Wahrscheinlich, sonst würde er nicht ständig meine Nähe suchen. Allerdings ändert es nichts daran, dass es unglaublich weh tut, wie er mich damals behandelt hat. Das sitzt nach wie vor tief.«

17. DEZEMBER - LUCAS

Müde saß ich am nächsten Vormittag beim Frühstück und lauschte den anderen, die von unserem Besuch in der *Hüttengaudi* erzählten.

»… und es war noch nicht einmal Mitternacht, als Viola und Lia auf der Bar getanzt haben.« Finn grinste, während seine Freundin ihr Gesicht in den Händen verbarg.

»Beim Verabschieden meinte der Barkeeper, wir sollen bald mal wieder vorbeikommen«, erklärte Henry lachend. »Wir haben wohl echt für gute Stimmung gesorgt.«

»… die Umsatzsteigerung nicht zu vergessen«, ergänzte Finn und stupste Lia an, die mit einem verhaltenen Stöhnen antwortete und an ihrem Kaffee nippte.

Ich war echt froh, dass ich nicht viel getrunken hatte. Auch wenn Henry sich bereiterklärt hatte, den Fahrer zu spielen. Mir jedoch gab das nichts. Ich war so oder so müde am nächsten Tag, sobald es später wurde, und wollte zumindest einen klaren Kopf behalten. Ganz besonders, solange das mit Merle nicht geklärt war.

Kurz hatte ich gestern Abend überlegt, doch in der Hütte zu bleiben. Neben Steffy hatte ich allerdings keine Möglichkeit gesehen, mich in Ruhe mit Merle zu unterhalten. Ich mochte Steffy, sie war witzig und bestimmt eine gute Freundin. Sie wirkte jedoch auch wie eine Art Löwenmama auf mich, die sich vor Merle stellen und die Krallen ausfahren würde. Und zwei Frauen gegen mich zu haben war nicht, was ich brauchte. Nach wie vor hatte ich keine Ahnung, was ich Merle getan haben sollte. Trotz ihres knappen Hinweises, dass es sich im *Kaleidos-Cup* vor acht Monaten ereignet haben sollte, war ich völlig ratlos …

»Okay, nachdem ihr so zerstört aus der Wäsche guckt, schlage ich für heute ein ruhigeres Programm vor«, meinte Jonas und blickte in die Runde. »In der Hütte hinter dem Haus habe ich gestern Schneeschuhe entdeckt. Acht Paar, es gibt also keine Ausflüchte. Euch schadet ein bisschen Bewegung an der frischen Luft sicher auch nicht«, sagte er mit einem Grinsen an Finn, Henry, Lia und Viola gewandt.

»Und was ist mit dir?«, wollte Steffy von ihm wissen. »Du bleibst doch hoffentlich hier?«

»Alles bestens, die Vitaminkur und der Schlaf haben gutgetan. Und etwas Bewegung an der frischen Luft schadet sicher nicht. Ich bin immerhin nicht hergekommen, um in der Hütte zu versauern. Ich will raus, in die Natur. Wir müssen ja keine große Runde gehen. Oder ich drehe um, wenn es mir zu anstrengend wird.«

Lia schaute Jonas skeptisch an.

»Wirklich, Lia, mir geht es gut«, beschwichtigte er sie, woraufhin sie mit den Schultern zuckte und wieder am Kaffee nippte. »Also, wer ist dabei?«, fragte er.

»Ich muss Schlaf nachholen«, erklärte Viola, die ununterbrochen gähnte.

Kurz schielte ich zu Merle, die mir ein zögerndes Lächeln schenkte, bevor sie den Blick abwandte.

»Und ich bleibe und leiste ihr Gesellschaft.« Finn legte einen Arm um seine Freundin und küsste sie auf die Schläfe.

»Okay, dafür kümmert ihr euch ums Mittagessen«, beschloss Steffy, woraufhin Finn zustimmend brummte.

Viola nickte ebenfalls.

»Muss ich einkaufen?«, fragte Finn.

»Ja, du kannst mein Auto nehmen«, meinte Lia.

Viola stöhnte. »Okay, dann komme ich mit.«

»Ich dachte, du willst dich ausruhen?« Finn schaute sie besorgt an.

Sie machte eine wegwerfende Handbewegung. »Dann schlafe ich nach dem Mittagessen.«

»Für heute hätte ich Bratwürste angedacht«, fuhr Lia fort. »Die Einkaufsliste gebe ich euch – würdet ihr bitte auch vegetarische Würste und gleich alles fürs Weihnachtsessen morgen mitbringen?«

Finn und Viola bejahten, und somit war die Sache geklärt.

Ich konnte es kaum erwarten, loszugehen. Denn ich würde die Gelegenheit nutzen, um endlich mit Merle zu reden.

Als wir uns wenig später vor der Hütte die Schneeschuhe anschnallten und Jonas und Henry mit einer Karte in der Hand über unsere Route diskutierten, hatte sich das Kribbeln in mir zu einem nervösen Sturm aufgebauscht.

Da Merle etwas Abstand zu den anderen hielt, hatte sie wohl denselben Plan wie ich. Das war ein gutes Zeichen. Zumindest hoffte ich das. Ob sie mich gleich in der Luft zerfleischte oder nicht, würde sich noch herausstellen. Allerdings deutete das sanfte Lächeln, das sie mir schenkte, nicht darauf hin.

»Wir sind, wenn ich mich nicht irre, gut zweieinhalb Stunden unterwegs«, sagte Henry. »Einen knappen Kilometer von hier sollten wir auch wieder Handyempfang haben, dann kann ich die Wanderapp nutzen. Da wir nur wenige Höhenmeter absolvieren, meint Jonas, dass er die Strecke schafft.«

Lia presste ihre Lippen aufeinander, sagte jedoch nichts. Schließlich setzte sich Henry in Bewegung und wir folgten ihm.

Gemeinsam mit Jonas ging er voraus. Direkt hinter ihnen stapften Steffy und Lia, wobei Letztere von ihrer Freundin zugetextet wurde. Lia hingegen hatte ich bisher noch nicht so ruhig erlebt. Merle und ich bildeten mit etwas Abstand zu den anderen das Schlusslicht.

»Hat es dir gestern in der Bar gefallen? Du warst heute Morgen ziemlich schweigsam.« Dass sie von sich aus das Wort an mich richtete, überraschte mich.

APRES

»Ja, es war echt lustig. Die Musik war nicht unbedingt meins, aber wenn man in eine Bar geht, die Hüttengaudi heißt, kann man nicht gute Rockmusik erwarten.« Ich zwinkerte ihr zu. »Und wie war es bei euch? Ich hoffe, ihr habt es nicht bereut, dass ihr nicht mitgekommen seid.«

Merle schüttelte den Kopf. »Mein Körper hat die Auszeit gebraucht. Steffy und ich haben es uns im Bett gemütlich gemacht und lange gequatscht. So eine Freundinnenzeit war echt dringend nötig.« Ein süßes Lächeln hob ihre Mundwinkel.

»Das klingt, als hättet ihr einen schönen Abend gehabt.«

Sie nickte, dann schaute sie mich von der Seite an. Sie räusperte sich. »Lucas, wieso hasst du mich?«

Irritiert stockte ich, ehe ich weiterging. »Was? Wie kommst du darauf?«

»Na ja, vielleicht ist hassen das falsche Wort, aber ... du magst mich nicht. Findest mich blöd, abstoßend oder ... ich weiß auch nicht.«

Verwirrt kramte ich in meinem Kopf, wann ich ihr dieses Gefühl vermittelt hätte. »Keine Ahnung, was dich zu dieser Vermutung bringt. Du bist die hübscheste Frau, die mir seit Langem begegnet ist, Merle. Und ich finde dich auch nicht blöd oder sonst was. Schon gar nicht hasse ich dich«, sagte ich leise, komplett fertig, dass sie überhaupt auf so eine Idee kam. »Also wenn ich dir jemals das Gefühl gegeben habe, tut es mir leid.«

Merle schnaubte. »Ich war im *KaleidosCup* und habe mir einen Kaffee bei einer deiner Kolleginnen gekauft. Danach habe ich all meinen Mut zusammengenommen und wollte dich um deine Telefonnummer bitten. Du hast mich allerdings angesehen, als ...« Geräuschvoll atmete sie aus. »Als wäre ich die Letzte, mit der du auch nur ein Wort reden wollen würdest. Du hast etwas gesagt, das klang wie ›Die hat mir gerade noch gefehlt‹, dich genervt abgewandt und zu deinem Kollegen gemeint, dass du dir das nicht geben musst. Daraufhin bist du abgehauen, nicht ohne mich so abfällig anzuschauen, als wäre ich ... als würdest du ...« Ihre Stimme brach.

Ohne zu überlegen, was ich tat oder welche Konsequenzen es haben könnte, griff ich nach ihrer behandschuhten Hand und wir blieben stehen. »Merle, es tut mir leid, dass ich das sagen muss, aber ... ich habe keine Ahnung, wovon du sprichst.«

In ihren Augen glitzerten Tränen und ich ... verdammt, ich war verzweifelt. Versuchte, mich zu erinnern, bis ...

»O Sch…« Langsam sickerte zu mir durch, was sie meinen könnte. Bis ich mir zu neunundneunzig Prozent sicher war, dass sie diesen Tag meinte. »Merle, ich glaube, ich … kann das erklären. Es war nicht so, wie du denkst.«

»Die Ausrede schlechthin. Ich kann es kaum erwarten, sie zu hören.« Beschämt wandte sie sich von mir ab und ging weiter, schneller als vorher.

Einen Atemzug lang schaute ich ihr nach, ehe ich ihr hinterhereilte und sie einholte. »Lass mich doch erklären!«

»Bevor du etwas sagst, überleg dir die Worte gut, Lucas. Denn du hast damals schon genug Schaden angerichtet.« Sie zog die Nase hoch und in dem Moment wurde mir klar, dass sie kurz davor war, zu weinen. »Du hast mit deiner Reaktion im *KaleidosCup* ziemlich an meinem Selbstbewusstsein gekratzt. Seitdem frage ich mich, was mit mir nicht stimmt, und habe Angst, dass auch andere Männer derart ablehnend auf mich reagieren könnten.«

In meiner Brust krampfte sich alles zusammen. Was hatte ich da unwissentlich nur angerichtet?

»Merle, du bist wunderschön – innen wie außen –, und ich kann nicht fassen, dass ich dich damals so verletzt habe … Mein Blick, meine Reaktion haben nicht dir gegolten.«

Merle schaute mich von der Seite an, und in ihrem Gesicht konnte ich Unsicherheit lesen. Doch sie ließ mich weiterreden.

Tief atmete ich ein und wieder aus. »Im April war ich gerade vier Monate von meiner langjährigen Freundin getrennt. An jenem Tag habe ich sie das erste Mal wiedergesehen, seitdem sie mir den Laufpass gegeben hat. Und sie war nicht allein. Sie ist mit ihrem neuen Freund Hand in Hand ins *KaleidosCup* gekommen. Sie wusste, dass ich dort arbeite, dass ich Dienst habe und dass sie mich verletzen würde, wenn sie dort mit ihrem Typen auftaucht. Und verdammt, das hat sie. Deshalb bin ich weg, Merle. Als ich sie gesehen habe, war es, als hätte mir jemand ein Messer in die Brust gerammt.«

Ein mitfühlender Ausdruck schob sich auf Merles Gesicht und ich schöpfte Hoffnung.

»Dass du ebenfalls da warst und mich ansprechen wolltest, habe ich gar nicht mitbekommen. Und das tut mir unendlich leid. Wenn ich könnte, würde ich die Zeit zurückdrehen, meine Ex ignorieren – denn nichts anderes hätte sie für ihr Verhalten mir gegenüber verdient gehabt – und würde mit klopfendem Herzen mit dir Telefonnummern tauschen. So bleibt mir nur, dich um Verzeihung zu bitten und dir meine Nummer zu geben, sobald wir zurück in der Hütte sind. Weil ich dich unbedingt wiedersehen will.«

18. DEZEMBER - MERLE

Lucas' Worte rauschten durch meinen Kopf. Seine Version des Nachmittags, der mich so geprägt hatte. Sein flehender Blick, seine sanfte Stimme in Verbindung mit seiner Bitte, ihm zu verzeihen. Und dass er mir seine Telefonnummer geben und mit mir in Kontakt bleiben wollte.

Mit mir. Nach allem, was ich über ihn gedacht hatte … Wie ich ihn in den letzten Tagen behandelt hatte.

»Tut mir leid, Lucas, dass ich …«

»Scheiße, ich bin ein Idiot. Natürlich weiß ich nicht einmal, ob du das überhaupt willst, und habe einfach vorausgesetzt, dass du …«

»Nein, schon gut«, fiel ich ihm ins Wort. »Ich möchte es«, gab ich leise zu. »Ich brauche nur etwas Zeit, um alles zu verdauen.«

Schweigend nickte er.

Wir stapften an einem Wald entlang, während wir die atemberaubende Aussicht auf die Berge genießen konnten. Zwar war der Himmel noch immer wolkenverhangen, aber hin und wieder blitzte die Sonne durch und ließ die weiße Pracht um uns zauberhaft glitzern. Alles hier sah aus wie in einem kitschigen Wintermärchen. Alles, bis auf die Tatsache, dass ich mir nach wie vor nicht sicher war, ob neben mir der Prinz oder doch der Wolf im Schafspelz durch den Schnee stapfte.

Unschlüssig schaute ich zu Lucas, der seine Stirn in Falten zog.

»Was ist damals zwischen dir und deiner Ex passiert? Wieso habt ihr euch getrennt?« Vielleicht würde ich sein Verhalten besser verstehen können, wenn er mir mehr über sie erzählte.

Lucas holte geräuschvoll Luft. »Ich war mit Ella viereinhalb Jahre zusammen. Wir haben uns eine Wohnung geteilt und ich war … echt glücklich. Ich dachte, sie wäre die Eine.«

Wie er von ihr sprach, sorgte dafür, dass sich in mir alles zusammenzog. Er musste sie wirklich aus ganzem Herzen geliebt haben.

»Deshalb hat es mir beinahe den Boden unter den Füßen weggerissen, als sie mir letztes Silvester gesagt hat, dass sie mich nicht mehr liebt. Ich dachte, zwischen uns wäre alles in bester Ordnung und dass sie für mich genauso empfindet wie ich für sie. Aber da habe ich mich getäuscht. Noch am selben Tag hat sie ihre Sachen gepackt und ist aus der Wohnung ausgezogen. Eine Woche später hat sie ihr restliches Zeug abgeholt.« Er schwieg einen langen Atemzug. »Das war echt hart.«

»Tut mir leid, dass du das durchmachen musstest.«

»Danke. Mir tut es leid, dass es zu diesem Missverständnis gekommen ist.« Verlegen schaute er mich an.

Ich streckte die Hand nach ihm aus. »Schon gut. Jetzt verstehe ich, wieso du so reagiert hast.«

Seine Lippen hoben sich zu einem zögernden Lächeln. »Also … bekomme ich noch eine Chance?«

Er klang so süß und verzweifelt, dass mir ganz warm in der Brust wurde. »Möglicherweise.«

Nun grinste er breiter. »Das ist kein Nein.« Er deutete eine Siegerpose an, was mich innerlich jauchzen ließ. Weil ich nie im Leben damit gerechnet hätte, dass sich alles so schnell und so einfach klären würde.

»Na komm, wir sollten endlich zu den anderen aufschließen.« Mit diesen Worten hielt er mir seine behandschuhte Hand entgegen, die ich nach kurzem Zögern ergriff. Wärme flutete durch mich hindurch und mein Herz raste wie irre – und das kam sicher nicht von den schnellen Schritten, die wir machten, um unseren Rückstand aufzuholen.

Immer wieder schaute ich Lucas von der Seite an, der einen so zufriedenen Gesichtsausdruck zeigte, dass ich wirklich ungern den Kopf abwandte, um auf den Weg vor uns zu schauen. Und wenn sich unsere Blicke begegneten, flatterte ein wilder Schwarm Schmetterlinge in mir auf.

Echt verrückt, dass ich mit ihm Hand in Hand ging und wir das, was zwischen uns gestanden hatte, klären konnten.

Als wir Lia und Steffy fast eingeholt hatten, warf Lia einen eher flüchtigen Blick über ihre Schulter. Sie sah Lucas und mich, stieß einen freudigen Seufzer aus und stupste Steffy an. Als die ebenfalls zu uns schaute, grinste sie breit. »Das wurde aber Zeit!«, sagte sie etwas lauter als nötig, woraufhin sich auch Henry und Jonas zu uns umdrehten.

»Endlich!«, rief Jonas, was Lucas neben mir belustigt schnauben ließ.

»Wir sind ab sofort Gesprächsthema Nummer eins auf der Hütte«, raunte mir Lucas amüsiert zu.

»Garantiert.« Aber diese Art von Aufmerksamkeit war mir bei Weitem lieber als das unangenehme Gefühl der letzten Tage, wenn ich die Blicke meiner Freunde auf mir gespürt hatte, weil ich Lucas hatte auflaufen lassen.

Die restliche Wanderung war unglaublich schön – nicht zuletzt, weil Lucas und ich über die Umgebung, die Tiere, die ihre Spuren im Schnee hinterlassen hatten, und über unsere Kindheitserinnerungen an den Winter plauderten. Wir lachten und warfen uns immer wieder Blicke zu, die mir weiche Knie bescherten.

Zurück bei der Hütte ließen sich Lia und Steffy vor Erschöpfung in den Schnee fallen, kaum dass sie ihre Schneeschuhe ausgezogen hatten. Auch Jonas wirkte erschlagen – bestimmt hatte die Wanderung ihn an seine Grenzen gebracht. Henry hingegen sah aus, als wäre er eben von der Couch aufgestanden. Ihn hatte ich noch nie außer Puste oder auch nur angestrengt gesehen.

Ich war ebenfalls froh, wieder hier zu sein, obwohl ich nicht so erledigt war wie die drei. Was einerseits sicher daran lag, dass ich gestern nicht mit in der Bar gewesen war, andererseits am Höhenflug meiner Endorphine, den ich Lucas zu verdanken hatte.

Je länger wir uns unterhalten hatten, desto weniger konnte ich mein Bild, das ich in den letzten Monaten von ihm gehabt hatte, mit dem von jetzt gleichsetzen. Er war im Grunde genau so, wie ich ihn mir vor jenem Tag im April vorgestellt hatte – und noch viel großartiger.

Lucas half mir, die Schneeschuhe auszuziehen, und stellte sie zu den anderen auf die Veranda, damit wir diese Wanderung eventuell wiederholen konnten. Wir alle hatten sie sehr genossen und es war ein einzigartiges Gefühl, auf diese Weise die unberührte Winterlandschaft zu erkunden.

Lucas und ich betraten als Letzte die Hütte. Seine Hand legte er auf meinen unteren Rücken, was auch den Zuhausegebliebenen auffiel.

Viola und Finn grinsten uns vielsagend zu, doch ich war froh, dass uns niemand darauf ansprach. Noch war alles viel zu neu für mich und ich war damit beschäftigt, meine Gefühle zu sortieren.

Beim Mittagessen saßen Lucas und ich nebeneinander auf der Bank. Sein Oberschenkel berührte meinen, und so sorgte er dafür, dass ich den Gesprächen der anderen nur halbherzig lauschen konnte, da meine ganze Aufmerksamkeit auf dieser einen Berührung lag.

Irgendwie fühlte ich mich wie mit fünfzehn in der

Schule, als ich neben Thomas saß und er während eines Videovortrags unter dem Tisch nach meiner Hand griff. Nur dass diesmal mein Herz noch viel kräftiger schlug.

»Wir hätten einen Vorschlag für das Nachmittagsprogramm«, sagte Viola, als ich gemeinsam mit Henry und Lucas die Teller abräumte und den Abwasch machte. »Finn und ich haben überlegt, einen Weihnachtsfilm zu schauen.« Ihre Augen leuchteten, als sie in die Runde schaute. »Wir könnten Lebkuchen essen – den haben wir im Supermarkt gekauft – Apfelpunsch trinken und im Anschluss den Weihnachtsmarkt besuchen.«

»Also ein ganz gechilltes Programm«, meinte Jonas zufrieden. »Ich bin dabei!«

»Ich ebenfalls«, schloss sich Steffy an. »Wird immerhin Zeit, dass wir einen Weihnachtsfilm schauen. Den Horrorfilm am ersten Abend habe ich nur durchgehen lassen, weil mein Bruderherz so verzweifelt gewirkt hat.«

Jonas knuffte ihr in die Seite und zog sie in einen liebevollen Schwitzkasten, um ihr durch die Haare zu wuscheln, bis sie aufkreischte.

»Hey, immerhin hat es in dem Horrorstreifen geschneit!«, sagte er und brachte damit alle zum Lachen.

Wenig später räumten wir den Couchtisch beiseite. Die Couch zogen wir zu einem Doppelbett aus und legten wie beim letzten Mal Filmschauen die ungenutzte Matratze aus Lucas' Zimmer davor, damit man auch vor der Couch bequem saß.

Im Kamin flackerte ein Feuer und wir bereiteten frisches Popcorn zu. Der Punsch verbreitete einen herrlichen Duft nach Äpfeln und Zimt und unser Couch-Matratzenlager sah unglaublich gemütlich aus.

Viola und Finn hatten es sich bereits auf der Couch bequem gemacht und Lia saß auf der Matratze am Boden, weil sie meinte, sie würde einschlafen, wenn sie sich hinlegte. Und ich stand unschlüssig davor, weil ich nicht wusste, welchen Platz ich wählen sollte.

»Legst du dich zu mir?«, raunte mir Lucas ins Ohr, und seine raue Stimme jagte einen süßen Schauer durch mich hindurch.

Ich blickte über meine Schulter in seine blaugrünen Augen, die mich hoffnungsvoll anschauten.

In dem Moment, in dem ich nickte, strahlte er mich an und zog mich mit sich auf die Couch.

Dass unsere Freunde uns belustigt beobachteten, ignorierte ich. Was ich jedoch nicht ausblenden konnte, war Lucas' Nähe. Seine Finger, die er mit meinen verwob, und dieses unglaubliche Glücksgefühl, das mich durchfuhr, als er seinen Arm um mich legte und mich an seine Brust zog, wo ich seinen unverwechselbaren, würzigen Duft einatmete.

19. DEZEMBER - LUCAS

Tief sog ich Merles süßen Duft nach Vanille und Orangen in mich auf. Hielt sie fest, während auf dem Fernseher Santa Claus von Tim Allens alias Scott Calvins Hausdach stürzte und starb, weshalb Scott Santas Arbeit übernehmen musste und so zum neuen Weihnachtsmann wurde. Und ich konnte mein Glück nicht fassen, dass Merle tatsächlich in meinen Armen lag.

Die Blicke und Kommentare unserer Freunde ignorierte ich und grinste nur. Merle tat es mir gleich und schnell hatten alle das Interesse daran verloren, unser verändertes Verhalten zu kommentieren.

Mich auf den Film zu konzentrieren fiel mir nicht leicht. Zu sehr war ich auf Merle fokussiert. Darauf, wie ihr Atem immer wieder auf meine Haut traf, wie sich ihr Herzschlag anfühlte – oder war es meiner, den ich so heftig spürte? Auf ihre warmen, schlanken Finger, die sich um meine wanden und mit ihnen spielten, als würde Merle jeden Winkel meiner Handflächen erkunden wollen. Mehrfach.

Eine ihrer Locken kitzelte meine Wange und ich nahm das als Vorwand, ihr sanft durch die Haare zu streichen und ihren Kopf liebevoll zu umfassen.

Mein Puls stieg in die Höhe, als sie ihr Kinn hob und zu mir aufsah.

Da wir die Vorhänge zugezogen hatten, um das trübe Tageslicht auszusperren, sahen ihre hellblauen Augen viel dunkler aus als sonst. Mein Herz raste schneller, als sie ihren Blick auf meine Lippen senkte und ihre mit der Zunge benetzte …

»Ich brauch was zu trinken, will noch wer etwas aus der Küche?« Steffy, die vor uns saß, stand auf und schaute in die Runde.

Fast hätte ich frustriert aufgeseufzt, als der Moment verflog und Merle sich wie vorhin an mich schmiegte. Und während des restlichen Films so liegen blieb. Dabei hätte ich zu gern ihre Lippen auf meinen gespürt und ihr gezeigt, wie sehr mir mein unbeabsichtigtes Verhalten ihr gegenüber leidtat.

Nach dem Film herrschte Aufbruchstimmung. Erst war der Plan, mit zwei Autos zum Adventmarkt zu fahren, aber dann schlug Jonas vor, uns ein Taxi zu rufen, jetzt, wo das Festnetz wieder funktionierte. So könnte jeder von uns ohne schlechtes Gewissen auch einen zweiten oder dritten Glühwein trinken – mal davon abgesehen, dass wir nicht wussten, wie unten die Parkplatzsituation war.

Etwas später stiegen wir in einen Kleinbus, der uns direkt beim Weihnachtsmarkt wieder aussteigen ließ. Tief sog ich den Duft von Punsch, Glühwein, Maronen und gebrannten Mandeln ein, und sofort lief mir das Wasser im Mund zusammen.

»Ich will unbedingt die handgemachten Weihnachtskrippen sehen«, sagte Viola an Finn gewandt, der ein breites Grinsen auf den Lippen hatte – vermutlich weil seine Freundin ebenso für Arbeiten aus Holz zu begeistern war wie er als Tischler.

»Habt ihr was dagegen, wenn ich mir gleich was zu essen kaufe? Ich habe einen riesigen Hunger.« Lia, die während des Films nicht genascht hatte, rieb sich über ihren Bauch.

»Ich komme mit«, beschloss Henry.

»Wir sollten was für Papa besorgen«, sagte Steffy leise an Jonas gewandt, der neben mir stand und zögernd nickte.

»Gut, ich würde sagen, wir treffen uns in einer Stunde an diesem Punschstand?«, fragte er daraufhin in die Runde.

Merle schaute mich an und ich konnte nicht anders – ich verwob meine Hand mit ihrer und zwinkerte ihr zu. »Geht klar«, sagte ich, ohne den Blick von ihr abzuwenden. Dann beugte ich mich zu ihr. »Komm mit, für uns habe ich auch schon einen Plan.«

Ihre Augen leuchteten, als sie mir folgte. »Was hast du vor?«

Kaum dass wir uns ein paar Meter von den anderen entfernt hatten, verlangsamte ich meine Schritte. »Hast du Hunger? Durst?«

Sie wackelte unschlüssig mit dem Kopf. »Keinen großen, ich hab auf der Hütte noch getrunken.«

Mein Grinsen wurde breiter. »Sehr gut. Sag Bescheid, falls sich daran etwas ändern sollte.«

»Wird gemacht. Wo gehen wir hi…« Das letzte Wort blieb ihr im Hals stecken, als sie sah, was mein Ziel war. »Woher wusstest du …?«

Wir hatten einen Eislaufplatz erreicht, der nur ein kleines Stück abseits des Weihnachtsmarkts aufgebaut worden war.

Statt ihr zu antworten, zwinkerte ich ihr zu. Vor meiner Abreise hatte ich den Ort gegoogelt und war dabei auf den Adventmarkt gestoßen. Und vorhin hatte ich einen Wegweiser zur Eislauffläche gesehen.

»Hast du Lust?«, fragte ich Merle, die mit breitem Lächeln den Leuten zuschaute, die auf Kufen an uns vorbeiglitten.

Santa Baby drang aus den Boxen und der süße Duft des Weihnachtsmarktes wehte immer wieder zu uns herüber.

»Und wie!«

»Dann komm, dort können wir Schlittschuhe ausleihen.« Ich deutete auf einen kleinen Holzverschlag, vor dem eine Bank stand, auf der wir wenig später saßen und uns die Eislaufschuhe anzogen.

»Bist du gut darin?«, wollte sie wissen, als sie aufstand.

»Ich würde sagen, ja. Also … ich bin kein Profi, habe nie Eishockey gespielt oder so. Allerdings war ich als Teenager fast jedes Wochenende in der Eishalle. Und du?«

Sie nickte. »Ich hab mal eine Weile Eiskunstlauf trainiert. Aber dann hat die Schule zu viel Zeit in Anspruch genommen und ich musste damit aufhören.«

»Vermisst du es?«, wollte ich wissen und griff nach ihrer Hand, um mit ihr gemeinsam die Eisfläche anzusteuern.

»Manchmal«, gab Merle zu.

Kurz unterbrachen wir unsere Berührung, als wir aufs Eis stiegen und die ersten Schritte machten. Obwohl ich einige Jahre nicht mehr auf dem Eis gestanden hatte, wusste mein Körper sofort, was er zu tun hatte, und ich glitt schnell und sicher über die Bahn. Als ich mich umdrehte, sah ich Merle, die strahlend auf mich zukam. Sie bewegte sich unglaublich elegant und in meiner Brust wurde es warm.

Ich breitete meine Arme aus und sie kam meiner stummen Aufforderung nach. Als sie mich erreicht hatte, ließ sie sich von mir in eine Umarmung ziehen, bis wir uns einmal um uns selbst drehten. Tief sah ich ihr in die Augen und anschließend auf ihre Lippen, die meinen so nahe waren.

Mein Herz raste und ich senkte langsam den Kopf.

Merle schloss die Lider und ich tat es ihr gleich.

Ich sog ihren Duft ein, der schwach in meine Nase drang und mich zu ihr zog. Bis mich ein harter Stoß in meine Seite traf.

»'tschuldigung«, rief der Junge über seine Schulter, der mich gestreift hatte und lachend weiter seinem Freund hinterherjagte.

»Okay, wir sollten wohl nicht mitten auf dem Eis stehen und die Augen schließen, sondern besser fahren«, sagte Merle mit rosigen Wangen.

»Da hast du recht«, sagte ich, obwohl ich ganz anderer Meinung war. Aber ich wollte auch nicht, dass so etwas noch einmal passierte und womöglich sogar schlimmer ausging. Ich hielt ihr meine Hand hin, die sie ergriff, und wir glitten im Einklang über die Eisfläche.

Wir drehten unsere Runden, während ich ihre Finger mit meinen wärmte. Sie erzählte, dass sie noch bis nach Silvester frei hatte.

»Gerade ist wenig los auf der Arbeit. Zwar ist nach den Feiertagen immer eine von uns Textprofis im Büro, um die Stellung zu halten, allerdings geht es erst wieder im neuen Jahr so richtig mit den Aufträgen los.«

Ich nickte knapp. »Das kann ich von meinem Job nicht behaupten.« Meine Mundwinkel zuckten. »Aber ich habe mir schon letztes Jahr um die Zeit für zwei Wochen um Weihnachten frei eingetragen. Es ist immer ziemlich schwer, jetzt freizubekommen, und damals wollte ich …« Ich stockte.

»Was?« Fragend schaute Merle mich von der Seite an.

»Nichts ich … hatte geplant gehabt, die Feiertage im Süden zu verbringen. Gemeinsam mit meiner Freundin.«

Einige Atemzüge schwieg Merle. Und ich hätte mir eine reinhauen können dafür, dass ich jetzt, wo ich mit ihr hier auf dem Eis war und Nähe zu ihr aufbauen wollte, von meiner Ex zu reden begann.

»Na ja, du bist mit deinen Freunden und mir südlich von München. Demnach hat sich dein Wunsch ja erfüllt.«

Ein lautes Lachen brach aus mir hervor, ehe ich Merle einmal um mich herumwirbelte. Diesmal war zwar mein Verlangen, sie zu küssen, noch größer als davor, allerdings hielt ich mich zurück, da wir gleich darauf von einer Meute an Teenagern überholt wurden und ich nicht erneut einen Zusammenstoß riskieren wollte. »Da hast du recht. Und ganz ehrlich? Gerade möchte ich nirgendwo lieber sein als hier mit dir.«

Ihre Augen leuchteten und ihr Lächeln war so süß, dass auch der letzte Funken an schlechten Erinnerungen verflog.

»Kannst du eigentlich noch irgendwelche Figuren aus dem Eiskunstlauf?«, wollte ich wissen.

»Du meinst, etwas wie das hier?« Schmunzelnd löste sich von mir und machte eine kunstvolle Drehung, die in einer Pirouette endete.

»Wow, okay, ich bin schwer beeindruckt.«

»Mein Trainer wäre es nicht«, erwiderte sie lachend. »Die Ausführung war echt mies, aber es ist auch schon einige Jahre her, dass ich das gemacht habe.«

»Ich als Laie konnte keine Fehler entdecken. Für mich war es perfekt.« *Für mich bist du perfekt*, dachte ich, traute mich allerdings nicht, es zu sagen. Dafür war es vermutlich zu früh …

Ein Blick auf die Uhr dämpfte meine Stimmung. »Ich fürchte, wir müssen uns langsam auf den Weg zurück zum Treffpunkt machen.«

Merles Gesichtsausdruck verriet mir, dass sie, genau wie ich, gerne länger geblieben wäre.

Ich drehte mich um und nahm ihre Hände in meine. »Wir haben noch alle Zeit der Welt für uns, wenn wir wieder zu Hause sind.«

Als hätte ich ihr eben die Sterne vom Himmel versprochen, strahlte sie mich an, ehe wir langsam die Bande anfuhren und unseren Ausflug auf das Eis beendeten.

20. DEZEMBER - MERLE

Das breite Grinsen auf meinem Gesicht war nicht zu bändigen, als Lucas und ich vom Eis stiegen. Ihn ganz für mich zu haben, ohne die anderen um uns, war schön gewesen, aber er hatte recht. Wir waren mit unseren Freunden verabredet, und wenn ich etwas gar nicht leiden konnte, war es, andere zu versetzen. Von daher sammelte Lucas nur zusätzliche Pluspunkte bei mir, da er die Verabredung ebenfalls ernst nahm und die Uhr im Blick behalten hatte.

Als wir am Treffpunkt ankamen, warteten Steffy und Jonas bereits. Sie unterhielten sich und Steffy trug eine kleine Tüte im Arm. Als sie uns in der Menge entdeckten, winkten sie.

»Na, zurück von eurem Date?«, fragte Steffy neugierig, woraufhin ich grinsend die Augen verdrehte.

»Wir waren Eislaufen«, erwiderte ich, weil ich nicht sagen wollte, dass es kein Date gewesen war. Denn es hatte sich eindeutig nach einem angefühlt, obwohl keiner von uns beiden es so genannt hatte.

Steffy riss die Augen weit auf. »Oh, echt? Wo? Hier?«

Lucas erklärte ihr, wo sich die Eisfläche befand, und ihr war anzusehen, dass sie auch gerne auf dem Eis gestanden hätte.

»Was habt ihr gekauft?«, wollte ich wissen.

»Es ist … na ja, für unseren Papa«, sagte Jonas verlegen.

»Er verlegt immer seinen Wohnungsschlüssel und da haben wir dieses Schlüsselboard entdeckt. In der Form eines Weinblattes, was gut zu ihm passt. Er mag guten Wein und Griechenland und gefüllte Weinblätter, also …« Steffy zuckte mit den Schultern.

»Vor allem ist es etwas für ihn und nichts, was er mit seiner Neuen teilen muss«, brummelte Jonas vor sich hin, was ihm einen sanften Stoß mit dem Ellenbogen von seiner Schwester einbrachte.

»Darf ich es sehen?«, fragte ich, um den aufkeimenden Streit zu verhindern.

»Natürlich.« Steffy wickelte das Schlüsselboard aus dem Papier. Das Holz war dunkel und die Verarbeitung wirkte hochwertig und mit viel Liebe zum Detail.

»Das sieht toll aus«, sagte ich ehrlich, und Lucas stimmte mir zu.

»Hey, wie war's?«, erkundigte sich in dem Moment Henry, der seine Arme um meine und Lucas' Schultern legte.

Auch Lia, die neben mir auftauchte, blickte mich erwartungsvoll an.

»Schön«, antwortete ich mit einem geheimnisvollen Grinsen und schaute zu Lucas, der es erwiderte.

»Also ich weiß ja nicht, wie es bei euch aussieht, aber wir haben inzwischen großen Hunger.« Das kam von Viola, die zu uns stürmte. »Und da drüben gibt es Käsebrot und geröstete Kartoffel und Kürbissuppe und noch ganz viele andere leckere Sachen. Und Gin-Punsch.«

»Ich habe vorhin einen wahnsinnig leckeren Beerenpunsch mit Zimt und Marzipangeschmack getrunken«, erklärte Lia und hatte damit meine volle Aufmerksamkeit.

»Okay, den brauche ich auch. Wo müssen wir hin?«, fragte ich und hakte mich bei meiner Freundin unter, froh, dass Lucas und ich nicht mehr im Mittelpunkt standen.

Wir schlängelten uns zwischen Menschen und Ständen hindurch, bis wir an einer großen Eisentonne hielten, die zu einer Feuerstelle mit kleiner Theke drumherum umfunktioniert und eben frei geworden war.

Zuerst besorgten Steffy, Viola und ich uns etwas zu essen, wobei ich mich für eine Ofenkartoffel mit Kräutersoße entschied. Steffy holte sich ein Raclettebrot und Viola kaufte geröstete Kartoffelspalten für sich und einen frisch gegrillten Steckerlfisch für Finn.

In der Zwischenzeit hatten Henry und Lucas Getränke für alle organisiert und ich bekam tatsächlich diesen Beerenpunsch, von dem Lia so geschwärmt hatte.

Lucas zwinkerte mir zu, als ich mich bei ihm bedankte und vorsichtig an dem Heißgetränk nippte.

Gleich darauf machte er sich mit Jonas auf den Weg, etwas zu essen zu besorgen.

»Habt ihr euch geküsst?«, raunte mir Viola zu, kaum dass Lucas weg war.

»Nein!«

»Wieso nicht?« Steffy beugte sich von der anderen Seite zu mir herüber.

»Weil … es nicht gepasst hat.« Für einen Moment versank ich in der Erinnerung, als wir uns so nahe gewesen waren und ich Lucas' Lippen schon fast auf meinen gespürt hatte.

Steffy stöhnte verzweifelt auf, als ob es bei diesem Kuss um sie ging.

»Aufgeschoben ist nicht aufgehoben, mal davon abgesehen, dass es hier so romantisch ist. Ihr solltet euch noch einmal abseilen«, meinte Viola enthusiastisch.

»Wir sind mit euch da. Und Lucas und ich, wir … haben Zeit.«

Viola und Steffy warfen sich einen vielsagenden Blick zu, doch ich maß dem keine Beachtung zu. So, wie es sich zwischen Lucas und mir entwickelte, passte es perfekt für mich. Ich liebte es, dass wir viel redeten und einfach Händchen halten konnten, ohne dass ich mich in irgendeiner Art und Weise überrumpelt oder zu etwas gezwungen fühlte.

In den Momenten, in denen wir uns fast geküsst hätten, hatte es sich auf natürliche Art entwickelt. Dass wir unterbrochen worden waren und der Augenblick damit

Beerenpunsch mit Marzipanschuss

Zutaten für 4 Tassen

300 g gefrorene Beeren (Mischung nach Belieben)
300 ml Apfelsaft
300 ml dunkler Johannisbeerensaft
200 ml Schwarztee
Saft einer halben Zitrone
1 Zimtstange
2 Stücke Sternanis
200 ml Rotwein
Zucker nach Geschmack
8 cl Amaretto für den Marzipangeschmack
Orangenscheiben zum Dekorieren

Zubereitung

Lasse die gefrorenen Beeren in einer Schüssel antauen. Erhitze währenddessen Apfelsaft, Johannisbeerensaft, Schwarztee und Zitronensaft zusammen mit der Zimtstange und den Sternanis in einem Topf. Gib die Beeren hinzu, sobald die Flüssigkeit heiß ist. Erhitze die Mischung noch einmal, bringe sie aber nicht zum Kochen. Schmecke sie ab und entferne bei Bedarf die Gewürze.

Nimm anschließend den Topf vom Herd und menge Rotwein und Amaretto bei. Fülle den Beerenpunsch mit einer Schöpfkelle in Tassen oder Gläser und dekoriere sie mit einer Orangenscheibe.

verflogen war, war zwar irgendwie schade, aber für mich okay. Für Lucas offenbar auch, denn weder beim Fernsehen noch auf dem Eis hatte er Anstalten gemacht, ein weiteres Mal darauf hinzumanövrieren. Es gefiel mir, dass er in der Hinsicht so rücksichtsvoll und zurückhaltend war. Als hätte er seine Fühler ausgestreckt und würde nun erneut auf einen Augenblick warten, der sich perfekt für einen ersten Kuss eignen würde.

Zum Glück lenkte Finn vom Thema ab, als er von den Holzkrippen erzählte, die er entdeckt hatte. Von dem Künstler, der etwas weiter vorne neben dem Maronenstand seinen Platz hatte und live an einer neuen Figur arbeitete.

»Was er macht, ist echt faszinierend«, sagte Viola und ihre Augen leuchteten. »Ich könnte ihm noch stundenlang zusehen, wie er Schicht um Schicht abträgt und aus dem unförmigen Holzklotz einen Bären mit Schal und Mütze zum Vorschein holt.«

»Das heißt, ich sollte wohl umsatteln, damit du mich auch so anhimmelst wie den Holzkünstler?«, fragte Finn und zog eine Schnute, die mich zum Lachen brachte.

»Aber nein, du weißt ja, dass du für mich der Größte, Beste, Einzigartigste bist und dass ich dich liebe.«

Aus Lias, Steffys, Henrys und meinem Mund drang ein »Awww«, während Finn das Liebesgeständnis seiner Freundin als Anlass nahm, sie an sich zu ziehen und innig zu küssen.

»Okay, ich sehe, ihr seid beim Dessert angekommen«, kommentierte Jonas grinsend, der eben auf uns zukam. In seiner Hand hielt er ein Langos, das kräftigen Knoblauchduft verströmte, und Lucas hatte sich für ein Raclettebrot mit gerösteten Speckwürfeln entschieden.

Finn und Viola ließen sich von dem Spruch nicht irritieren und küssten sich ungerührt weiter.

»Möchtest du auch?«, drang Lucas' Stimme zu mir durch und seine Worte bescherten mir ein kräftiges Herzklopfen.

Als ich zu ihm schaute, verstand ich, dass er nicht das Küssen, sondern sein Brot meinte, das er mir zum Probieren entgegenhielt.

Ein Glück, dass man in dem Flackern des Feuers nicht erkennen konnte, wie mir bei seinen Worten Hitze in den Kopf stieg. »Gerne. Du auch bei mir?«

Dass sein Blick sofort zu meinen Lippen wanderte, sorgte nicht dafür, dass sich mein Herzschlag beruhigte. Er hatte ebenfalls so gedacht wie ich …

»Wenn du mich fütterst«, sagte er mit rauer Stimme und öffnete den Mund.

Gott, war dieser Mann süß!

Ich lud etwas von der Kartoffel auf den Holzlöffel, darauf bedacht, auch die Joghurtsoße mit den Wildkräutern draufzugeben, und hielt ihn an seine Lippen.

Als er den Löffel in den Mund nahm, stöhnte er genüsslich auf. »Sehr lecker«, sagte er, als er den Bissen runtergeschluckt hatte. »Jetzt du.« Er hielt mir das Raclettebrot entgegen.

Ich wollte es ihm abnehmen, doch er machte keine Anstalten, es aus der Hand zu geben, weshalb ich mich kurzerhand ebenfalls von ihm füttern ließ, nicht ohne dabei seine Finger zu berühren.

Dass diesmal keiner diesen kleinen Flirt zwischen uns kommentierte, grenzte an ein Wunder. Aber alle waren mit Essen und Trinken beschäftigt oder in Gespräche vertieft.

Mit Schmetterlingen im Bauch sah ich in Lucas' Augen, der mich voller Gefühl anschaute.

»Ich kann gar nicht glauben, dass morgen schon Heiligabend ist«, sagte Viola und lenkte damit meine Aufmerksamkeit auf sich.

»Wann starten wir morgen mit dem Kochen?«, wandte sich Lucas an Lia, deren Augen bei seiner Frage leuchteten.

»Oh, also ich dachte, wir fangen gemütlich nach dem Frühstück an, alles vorzubereiten. Heute haben wir es ja nicht mehr geschafft, den Braten zu füllen, was aber nicht schlimm ist. Die Süßkartoffelsuppe schmeckt aufgewärmt lecker und den Butternut-Kürbis sowie den Putenrollbraten können wir gefüllt im Kühlschrank aufbewahren. Auch die Bratäpfel würde ich vorbereiten und kühlstellen. Und ich freue mich über jede Hilfe, die ich kriegen kann.« Sie lächelte.

»Klar, wir helfen, wo es geht. Sag uns, was zu tun ist, und wir sind da«, sagte ich entschlossen und auch die anderen nickten zustimmend.

»Danke.« Lia strahlte. »Ich weiß jetzt schon, dass das großartig werden wird. Und wir haben ja morgen nichts auf dem Plan, außer die gemeinsame Zeit zu genießen.«

»Gott, ja, bin ich froh, dass wir hier alles ganz gechillt angehen können.« Finn stieß geräuschvoll Luft aus seinen Lungen.

»Bin ganz deiner Meinung«, sagten Henry und Lia unisono, was beide zum Lachen brachte.

Mein Blick huschte zu Steffy und Jonas, für die das Weihnachtsfest seit einigen Jahren nicht mehr so war, wie sie es gekannt hatten. Dann sah ich wieder zu Lucas, und auf seinen Lippen lag ein zögerndes Lächeln. Mit einem Mal spürte ich seine Hand an meiner und ließ zu, dass er unsere Finger miteinander verwob. Dieses Weihnachten tat uns allen auf verschiedene Weise gut, und ich war froh, ein Teil davon sein zu dürfen.

21. DEZEMBER - LUCAS

Ich hätte jetzt Lust auf was Süßes«, raunte ich Merle ins Ohr, als es etwas später leicht zu schneien begonnen hatte und ein Blechbläserquintett Weihnachtslieder anstimmte.

Sie stand an meine Brust gelehnt und ich liebte es, dass ich sie halten durfte.

Langsam drehte sie sich in meinen Armen um und mit einem Mal waren ihre Lippen meinen ganz nahe. »Woran genau hast du dabei gedacht?«

Verdammt, ich musste kräftig schlucken, um die Bilder, die in meinem Kopf aufploppten, zumindest vorerst zu verjagen. Denn sie waren nicht jugendfrei und hatten hier auf dem Weihnachtsmarkt nichts verloren. Und so verlockend der Gedanke war, Merle jetzt zu küssen, würde ich das nicht mit dieser Musik im Hintergrund tun. Weil ich nicht wollte, dass wir ein Horn, eine Posaune, eine Tuba und zwei Trompeten, die *Stille Nacht* spielten, mit unserem ersten Kuss verbinden würden. »Ich dachte an Crêpes oder Waffeln. Mit Schlagsahne und Schokosoße.«

Merle befeuchtete ihre Lippen. »Das klingt nach einer guten Idee«, krächzte sie beinahe.

Tief atmete ich durch, räusperte mich und schaute schließlich in die Runde. »Wir holen Waffeln und Crêpes«, kündigte ich an, und Finn und Steffy schlossen sich uns an, um Getränkenachschub und gebrannte Mandeln zu besorgen.

Als wir wenig später wieder rund um die Feuertonne standen, uns wärmten und Punsch tranken, während Merle mich mit ihrer Waffel und ich sie mit meinem Crêpe fütterte, wünschte ich, dieser Abend würde noch ewig dauern. Bei den anderen hingegen spürte ich bereits eine Aufbruchstimmung.

Finn wollte offenbar auch noch nicht zurück zur Hütte. »Was haltet ihr davon, wenn wir einen Abstecher in die Hüttengaudi machen?«

Viola und Lia stöhnten lachend auf. »Das könnte übel enden«, sagte seine Freundin.

»Wenn du nicht wieder übertreibst …« Finn zog sie an sich und küsste sie auf die Stirn.

Auch Henry wirkte nicht abgeneigt und Steffy und Jonas nickten – die beiden konnten vermutlich jede Ablenkung gebrauchen. Ich merkte ihnen an, dass sie des Öfteren in Gedanken versunken waren. Bestimmt dachten sie an ihre verstorbene Mutter …

Fragend schaute ich zu Merle, die mich unschlüssig musterte. »Wenn du nicht willst, können wir auch zurück zur Hütte fahren. Ich begleite dich auf jeden Fall, egal, was du machen möchtest.«

Sie blickte in die Runde. »Nein, lass uns mit den anderen mitgehen. Sollte es mir zu … lustig werden, können wir uns ja immer noch was überlegen. Morgen will ich jedenfalls keine Kopfschmerzen haben.«

Lächelnd nickte ich. »So machen wir es.«

Eine halbe Stunde später betraten wir erneut die Bar, in der wir erst gestern nach dem Skifahren gefeiert hatten. Und wie es der Zufall so wollte, war der Platz neben dem Bartresen, an dem wir gesessen hatten, wieder frei.

Heute war jedoch bei Weitem weniger los. Nur knapp zwei Drittel der Tische waren besetzt, was bestimmt daran lag, dass morgen Heiligabend war und viele der Touristen abgereist waren, um Weihnachten zu Hause zu feiern. Allerdings war auf dem Weihnachtsmarkt noch einiges los gewesen und es könnte sein, dass sich die Bar noch zu späterer Stunde füllte.

Wir setzten uns und Merle nahm völlig selbstverständlich neben mir Platz. Wir gaben unsere Getränkebestellung bei der Bedienung auf, die uns mit einem Zwinkern begrüßte. Mir fiel auf, dass es diesmal keine Tanzfläche gab, weil dort stattdessen Instrumente aufgebaut waren.

»Heute gibt es wohl Live-Musik«, schlussfolgerte Jonas.

Noch drang die für diese Bar klassische Après-Ski-Mucke aus den Boxen und ich war gespannt, was uns gleich erwarten würde, wenn die Band loslegte.

Als uns kurz darauf die Getränke serviert wurden, bezogen eine Frau und drei Männer auf der kleinen Bühne ihre Plätze.

»Schön, dass ihr alle da seid und wir für etwas Weihnachtsstimmung sorgen dürfen«, begrüßte uns die Frau über das Mikro. »Wir sind Whisperverse und wünschen euch gute Unterhaltung mit unserem ersten Song *Deck The Halls*.«

Die Leute applaudierten träge und die Band begann zu spielen. Allerdings war der Sound wenig besinnlich. Im Gegenteil, das Lied hatte etwas Rockiges an sich, und innerhalb kürzester Zeit hatte die Sängerin das gesamte Publikum in ihren Bann gezogen.

Es dauerte nicht lange, bis wir uns alle im Takt wiegten, mit den Füßen wippten und mitsangen. Whisperverse sorgte für eine absolut großartige Stimmung und ich war happy, mit Merle hier zu sein und meine Arme um sie legen zu können.

Auch den anderen gefiel die Musik und fast fand ich es schade, dass die Tanzfläche verstellt war. Zu gern wäre ich mit Merle aufgestanden und hätte mit ihr getanzt. Das war einer der Punkte, die ich auf meine gedankliche

Liste zu den Dingen schrieb, die ich zurück in München mit Merle unternehmen würde.

»Was für ein Glück, dass wir mitgegangen sind.« Merle strahlte mich an, als wir beschwingt aus dem Taxi stiegen, das uns zurück zur Hütte gefahren hatte.

»Was? Ihr wolltet gar nicht mit in die Bar?« Steffy sah uns fast ein wenig beleidigt an.

»Doch«, beschwichtigte sie ihre Freundin. »Aber ich wusste nicht, ob der Abend wieder ausarten würde, und ich wollte nicht die Spaßbremse sein. Da wäre ich vorher gefahren.«

Steffy legte den Arm um Merles Taille und ging mit ihr auf die Hütte zu, die Jonas gerade aufsperrte. »Süße, du weißt, wir sind an deiner Seite, auch wenn du weniger trinkst.«

»Klar, das weiß ich«, erwiderte sie und schaute über ihre Schulter zu mir.

Ich zwinkerte ihr zu und grinste, obwohl *ich* lieber an ihrer Seite wäre und den Arm um sie gelegt hätte.

In der Hütte war es kühl, die Wärme des mittlerweile erkalteten Kamins längst verflogen.

»Ein Hoch auf die Zentralheizung«, murmelte Lia, die sich gähnend streckte und das Zimmer der drei anpeilte. Auch Steffy folgte ihr nach einem müden »Gute Nacht« in die Runde.

Merle machte ebenfalls einen Schritt in die Richtung, drehte sich jedoch noch einmal zu mir um. »Schlaf gut, Lucas.«

Ihre Augen waren klein, und dennoch lag in ihnen ein Leuchten, das ich erst seit Kurzem dort entdecken konnte.

»Du auch«, murmelte ich und zog sie noch einmal an mich.

Sie schlang ihre Arme um meine Mitte, als sie von einem Schauder geschüttelt wurde.

»Frierst du?« Besorgt schaute ich in ihr Gesicht.

»Na ja … ja. Aber ich gehe gleich ins Bett und hoffe, dass mir schnell warm wird.«

Jonas, der sich ein Glas Wasser aus der Küche geholt hatte, ging an uns vorbei und wünschte uns ebenfalls eine gute Nacht. Auch Viola und Finn zogen sich zurück, Henry war schon irgendwann davor im Zimmer verschwunden. Nun standen nur noch Merle und ich im Wohnzimmer.

»Du könntest bei mir schlafen«, bot ich ihr an und hoffte, damit keine Grenze übertreten zu haben. »Das heißt, nur wenn du willst. Ich könnte dich halten und dich wärmen. Ganz ohne Hintergedanken, ich behalte meine Hände bei mir und … na ja …«

Da Merle mich aus großen Augen anschaute, schob ich schnell ein »Vergiss es, das war eine blöde Idee« hinterher. Auf keinen Fall wollte ich sie in Verlegenheit bringen oder gar, dass sie dachte, ich würde sie zu etwas drängen.

»Nein, das ... klingt schön.«

»Ja?«

Sie räusperte sich. »Ja. Ich verschwinde nur schnell im Badezimmer und ... komme anschließend zu dir.«

Okay, wow. Damit hätte ich nicht gerechnet. »Gut, ich kann es kaum erwarten.« Mühsam versuchte ich, meine Gefühle im Zaum zu halten, um sie nicht doch noch zu verscheuchen. »Dann bis gleich bei mir.« Ich beugte mich zu ihr hinab und gab ihr einen sanften Kuss auf die Stirn, weil ich ... verdammt, weil ich nicht anders konnte. Merle strahlte mich an, bevor sie herumwirbelte und in ihrem Zimmer verschwand.

Als sie die Tür hinter sich geschlossen hatte, steuerte ich mein eigenes kleines Reich an. Ich nahm den Pullover vom Sessel, den ich heute Morgen achtlos hingeworfen hatte, faltete ihn unordentlich zusammen und steckte ihn in den Schrank. Anschließend eilte ich ins Badezimmer, putzte mir die Zähne und trug etwas Deo auf. Das Parfum hatte ich ebenfalls kurz in der Hand, wollte aber nicht zu aufdringlich riechen, weshalb ich es unbenutzt an seinen Platz zurückstellte. Dann schlüpfte ich aus den Klamotten und in meinen Pyjama, der aus einer karierten Flanellhose und einem Longsleeve bestand.

Zurück im Zimmer blieb ich neben dem Bett stehen, fand es aber blöd, so zu warten – auch, weil mir selbst kalt wurde –, und ich beschloss, mich schon hineinzulegen und es vorzuwärmen.

Ich machte es mir auf dem Rücken bequem und verschränkte die Finger im Nacken, fühlte mich damit aber zu machohaft. Also drehte ich mich auf die Seite, stützte den Kopf in die Hand, was auch nicht wirklich besser war – und als in dem Moment ein leises Klopfen ertönte, richtete ich mich schnell auf und stieß gehetzt ein »Ja« aus. Es wäre mir peinlich gewesen, wenn Merle mich in dieser Pose im Bett gesehen hätte.

Leicht grinsend blieb sie in der Tür stehen. »Kann ich reinkommen?« Sie trug eine Jogginghose und einen Pullover mit Streifenmuster. Ihre Füße steckten in blassrosa Kuschelsocken und unter ihren Arm hatte sie ein Kissen geklemmt.

Verlegen räusperte ich mich. »Ähm, ja, klar. Du weißt, dass ich ein Kopfkissen für dich hier habe?«, sagte ich und schlug für sie die Decke zurück.

»Ja, aber ich liege gern höher, ich brauche immer zwei.«

Du kannst mich als dein zweites Kissen nehmen, lag mir auf der Zunge, doch die Worte blieben mir im Hals stecken, als es sich Merle neben mir bequem machte und ganz eng an mich rückte.

22. DEZEMBER - MERLE

Gott, mein Herz schlug so wild, dass ich mir nicht vorstellen konnte, bald in den Schlaf zu finden. Lucas löschte das Licht auf seinem Nachttisch und Stille umgab uns. Das hieß … meinen Herzschlag hörte er garantiert, genau wie meinen Atem, der verriet, dass ich ganz und gar nicht entspannt war.

Wir lagen auf der Seite, unsere Gesichter einander zugewandt. Obwohl ich gesagt hatte, ich würde ein zweites Kissen brauchen, lag es irgendwo hinter mir, weil es viel schöner war, ihm so nahe zu sein.

Ich spürte seinen warmen Atem auf meinen Lippen, doch ansonsten berührte er mich nirgendwo. Und das war schlecht, denn ich zitterte nach wie vor am ganzen Körper.

Schon als wir die Hüttengaudi verlassen hatten, hatte ich gefroren. Das Warten auf das Taxi hatte maximal fünf Minuten gedauert, doch nach dieser Zeit war ich endgültig ausgekühlt. Auf der kurzen Fahrt im Kleinbus war es auch nicht wirklich warm gewesen, und seit wir an der Hütte angekommen waren, fühlte ich mich wie ein Eisklotz.

Zwar hatte ich überlegt, unter die Dusche zu steigen, doch ich hatte befürchtet, dass das Warmwasser nicht ausreichen könnte. Also hatte ich mich kuschelig angezogen und hoffte auf Lucas' Wärme. Nun lag er da, fast schon bemüht, mich nicht zu berühren. Das war seltsam. Immerhin hatten wir den ganzen Abend über immer wieder unsere Finger ineinander verwoben und uns aneinandergelehnt. Von dieser Nähe war nichts mehr zu merken.

»Würdest du … also … Wäre es für dich okay, wenn ich an dich rutsche und mich an dir wärme?«, fragte ich mit zitterndem Unterkiefer.

Lucas stieß ein erleichtertes Seufzen aus. »Klar, komm her. Ich war mir nicht sicher, ob du das möchtest. Irgendwie hatte ich den Eindruck, dass du Abstand brauchst.«

»Nein, ich … will dich. Deine Nähe, meine ich. Also … du weißt schon.« Verlegen vergrub ich mein Gesicht an Lucas' Schulter, wo ich das Beben seines stillen Lachens spürte. Dann legte er seinen Arm um meine Taille und zog mich ganz eng an sich.

Sofort drang seine Wärme durch den Stoff meiner Jogginghose und meines Sweaters.

Erleichtert seufzte ich auf und schmiegte mich enger an ihn, sog seinen würzigen Duft in mich auf und lauschte seinem kräftigen Herzschlag.

»Wird es schon wärmer?«, fragte er, sein Atem an meiner Haut.

»Mhm«, machte ich müde, weil ich merkte, wie der Tag langsam die letzte Kraft aus mir sog.

Lucas atmete tief ein und aus, ehe ich seine Lippen an meiner Stirn spürte. Schon wieder.

Erneut stieg mein Puls an, als er seine Beine um meine schlug und mich noch näher an sich zog. In dem Moment fühlte ich mich so geborgen und wohl, dass ich ein breites Grinsen nicht zurückhalten konnte.

»Gute Nacht, Merle.«

»Gute Nacht, Lucas«, echote ich.

Die Zeit verstrich, während ich seinem Atem lauschte und seine Wärme spürte. Keine Ahnung, wie lange wir so lagen. »Du bist noch wach, oder?«, fragte ich irgendwann ganz leise.

»Ja.«

»Kommst du nicht zur Ruhe?«

Er seufzte tief, dann räusperte er sich. »Nicht wirklich. Aber mach dir keine Gedanken, mach die Augen zu und schlaf.«

»Kann ich nicht.« Ich hob den Kopf ein kleines bisschen.

»Wieso nicht?« Seine Frage war nur ein Hauchen.

»Weil ich … an heute Abend denken muss. An das Eislaufen und an die Zeit auf dem Weihnachtsmarkt mit den anderen. Und an danach in der Bar …«

»Okay?« Dieses Wort klang, als würde Lucas nicht wirklich wissen, worauf ich hinauswollte.

Gott, ich war so mies in so was …

»Und weil ich ohne Gutenachtkuss heute nur schlecht einschlafen kann«, sagte ich schließlich, während mein Herz fast aus der Brust sprang vor lauter Aufregung.

Was für ein blöder Spruch von mir! Aber ich war zu müde, um ihm anders zu verdeutlichen, dass ich bereits den ganzen Abend gehofft hatte, endlich seine Lippen zu schmecken.

Lucas stieß geräuschvoll Luft aus seinen Lungen. »Dann geht es dir wie mir«, raunte er, bevor er sich hochdrückte, bis er halb auf mir lag, die Arme links und rechts von meinem Kopf abgestützt.

Sanft glitt er mit seinen Lippen über meine, bis ich einen verzweifelten Laut ausstieß und ihn mit meinen Händen in seinem Nacken näher heranzog.

Wir küssten uns. Vorsichtig, aber vor allem unglaublich zärtlich. Und in meinem Bauch stob ein so gewaltiger Schwarm an Schmetterlingen hoch, dass ich alles rund um mich vergaß. Seine Zunge brachte mich um den Verstand und ich kam nur langsam ins Hier und Jetzt zurück, als er sich schwer atmend von mir löste.

»Was für ein Gutenachtkuss …«, raunte er an meinen Lippen.

Dem konnte ich nur zustimmen.

»Aber jetzt solltest du schlafen. Morgen haben wir beide nämlich noch was vor …«

»Oh, okay. Was denn?«

Sogar im Dunkeln konnte ich hören, wie meine Frage Lucas amüsierte. »Tut mir leid, aber mehr kann ich gerade nicht verraten. Also schlaf jetzt.« Sanft küsste er mich auf die Stirn.

Rotkraut

NACH OMAS GEHEIMREZEPT

Zutaten

1 kg Rotkraut
6 EL Rotweinessig
1 Schuss Apfelsaft
Salz
Pfeffer
1 Lorbeerblatt
3 Nelken
2 Zwiebeln
Öl
1 Apfel
250 ml Rotwein
250 ml flüssige Sahne
3-4 EL Honig
Zimt

Zubereitung

Halbiere den Rotkrautkopf, entferne den Strunk und hoble das Kraut mit einem Gemüsehobel in feine Streifen. Vermenge den Essig mit dem Apfelsaft, füge Salz, Pfeffer, Lorbeerblatt und Nelken zu, vermische alles gut mit dem Rotkraut und beschwere es mit einem Teller. Lasse es mindestens 2 Stunden, besser aber über Nacht stehen.
Schäle die Zwiebeln und schneide sie in dünne Streifen. Brate sie in Öl an, mische das Kraut unter und lass es 40 Minuten bei geringer Hitze und geschlossenem Deckel garen.

Entferne das Lorbeerblatt und die Nelken. Schäle den Apfel und reibe ihn mit einer Küchenreibe grob über das Kraut. Gib Rotwein und Sahne dazu, lasse es noch etwa 5 bis 10 Minuten kochen und würze mit Honig und Zimt nach Geschmack.

Tausche für eine vegane Version die Sahne gegen vegane Sahne (z. B. Hafercreme) und den Honig gegen Agavendicksaft.

»Das kannst du nicht tun! Mich erst so neugierig machen und dann nicht weiterreden.«

»Du wirst es noch früh genug erfahren. Schlaf, Merle.« Ein weiterer keuscher Kuss folgte, diesmal auf den Mundwinkel.

»Das ist wirklich nicht nett von dir, mich so zappeln zu lassen«, erklärte ich gespielt entrüstet, während ich mich innerlich wahnsinnig freute, dass er sich etwas überlegt hatte. Ich grübelte, was es sein könnte, doch ich kam nicht darauf. Und schneller, als ich gedacht hätte, schlief ich in seinen Armen ein.

Als ich am nächsten Morgen blinzelnd wach wurde, war mir heiß. Zudem spürte ich eine Schwere auf meinen Gliedern und es dauerte kurz, bis ich verstand, dass es Lucas' Arm und Bein waren, die er um mich geschlungen hatte.

Sofort hüpfte mein Herz vor Freude und Aufregung. Ich hatte so gut in seinen Armen geschlafen und fühlte mich voller Energie und Tatendrang. Einerseits wollte ich aufstehen, den Kamin anzünden und Frühstück machen, andererseits würde ich am liebsten noch ewig so liegen bleiben. Weil ich mir gerade keinen besseren Platz als diesen hier bei ihm vorstellen konnte.

Vorsichtig, um ihn nicht zu wecken, versuchte ich, mich in seinen Armen zu ihm umzudrehen. Gott sah er süß aus, wenn er schlief. Seine Lippen waren leicht geöffnet, seine Haare standen wild in alle Richtungen ab, und seine Augenbrauen zuckten, als würde er gerade träumen.

Ein warmes Gefühl flutete mich, als ich an unseren Kuss dachte. Daran, wie er mich gehalten hatte. Und dass er noch eine Überraschung für heute geplant hatte.

Mir des Risikos bewusst, dass ich ihn wecken könnte, legte ich meine Hand an seine Wange und streichelte sanft darüber. Sie war rau von den Bartstoppeln und gleichzeitig weich und warm.

Lucas befeuchtete seine Lippen, räusperte sich und öffnete die Lider.

»Mhh«, stieß er aus, als er sich an mich schmiegte und seine Nase an meinem Hals vergrub. »Guten Morgen.«

Ich schlang meine Arme um seinen breiten Rücken und genoss es sehr, ihn zu halten. »Guten Morgen. Na? Wie hast du geschlafen?«

Lucas brummte genüsslich. »So viel besser als die Nächte zuvor.« Ich konnte das Lächeln auf seinen Lippen hören. »Und du?«

»Auch.«

Statt einer Antwort küsste mich Lucas sanft auf Hals und Kinn.

Und was tat mein Körper? Er knurrte.

»Da hat wohl jemand Hunger«, meinte Lucas amüsiert.

Stöhnend schlug ich eine Hand vors Gesicht. »Tut mir leid, ich wollte dich nicht unterbrechen.«

Seine Brust bebte, als er leise lachte. »Wir haben ja alle Zeit der Welt. Na komm, machen wir Frühstück für dich.« Ein letztes Mal drückte er seine Lippen auf meine, dann stand er auf und sofort vermisste ich seine Wärme.

Er steckte mir seine Hände entgegen, um mir aufzuhelfen. »Du kochst Kaffee, während ich mich ums Feuer kümmere?«

»Nein, umgekehrt. Ich hätte gern einen deiner leckeren Cappuccinos, wenn das möglich ist.«

Unschlüssig wiegte er den Kopf hin und her. »Um ihn genau so zu machen wie im *KaleidosCup* fehlt mir, fürchte ich, das passende Equipment. Aber ich gebe mein Bestes, einen zumindest annähernd so guten Kaffee für dich zuzubereiten.«

Wenig später kniete ich vor dem Kamin, in dem die ersten Flammen nach oben züngelten, während leckerer Kaffeeduft zu mir durchdrang.

Außer uns beiden war noch niemand wach, worüber ich froh war. Nicht nur, dass ich keine Lust gehabt hätte, den anderen zu erklären, warum ich aus Lucas' Zimmer kam, ich genoss es auch, Zeit mit ihm allein zu haben.

Wir deckten den Frühstückstisch, während ich immer wieder an dem Cappuccino nippte, der zwar nicht so perfekt wie der aus dem *KaleidosCup* schmeckte, aber dennoch unglaublich lecker war. Und als kurz darauf die Ersten aus ihren Federn gekrochen kamen und die Hütte mit Leben füllten, warfen Lucas und ich uns immer wieder Blicke zu. In ihnen steckten all die frischen, so schönen Gefühle füreinander, gepaart mit unserem Geheimnis, dass wir die letzte Nacht in einem Bett verbracht hatten. Vielleicht war es den anderen auch aufgefallen, doch niemand sprach uns darauf an, worüber ich – zumindest gerade – sehr froh war.

Erst als Lia uns zur Vorbereitung unseres Weihnachtsdinners einteilte und ich mit ihr und Steffy in der Küche an der Süßkartoffelsuppe, am Rotkraut und am Butternut-Kürbis arbeitete, stieß mir meine Arbeitskollegin sanft in die Seite. »Was ist jetzt mit Lucas und dir?«, raunte Steffy mir zu und warf gleich darauf einen verstohlenen Blick über ihre Schulter zum Esstisch, wo er gemeinsam mit Viola und Finn Gemüse kleinschnitt.

»Was meinst du?«, stellte ich mich unwissend, während meine roten Wangen mich bestimmt verrieten.

»Seid ihr zusammen?«, wollte Lia von der anderen Seite wissen.

»Was?«

»Na … weil du letzte Nacht nicht in deinem Bett geschlafen hast«, raunte Steffy mir zu.

»Ich …« Weiter kam ich nicht, da ich mit einem Mal einen Arm um meine Taille spürte, der mich herumdrehte, bis ich mich an Lucas' Brust wiederfand und seine Lippen auf meinen landeten.

23. DEZEMBER - LUCAS

Um uns herum kam lautstarkes Gejubel auf, als ich Merle vor allen küsste. Es war mir wichtig, dass sie wusste, wie sie das zwischen uns vor ihren Freundinnen benennen sollte. Obwohl Lia und Steffy leise gesprochen hatten, hatte ich jedes Wort der beiden gehört. Genau wie ich Merles Befangenheit gespürt hatte.

Wir hatten dem Ganzen noch kein Label verpasst – und das hatte auch keine Eile. Doch ich würde Merle so schnell nicht gehen lassen. Sie sollte wissen, wie ich für sie empfand, und deshalb war es mir wichtig, die Sache vor unseren Freunden klarzustellen.

»Ich wusste es!«, rief Steffy und umarmte Merle, kaum dass ich mich von ihr gelöst hatte.

Henry, der mit Jonas auf der Couch gesessen hatte, klopfte mir auf die Schulter, und es dauerte nicht lang, bis wir von allen mit Glückwünschen überhäuft wurden, als hätten wir uns nicht einfach nur geküsst.

»Ich freue mich so für euch!« Viola quietschte und klatschte in die Hände, während Finn mich in eine halbe Umarmung zog.

»Gut gemacht«, raunte er mir zu und grinste.

»Okay, Leute, es ist wirklich schön, dass ihr euch für uns freut, aber ... können wir jetzt bitte kein Drama mehr draus machen?«, sagte Merle mit hochrotem Kopf. »Ja, Lucas und ich haben alles, was zwischen uns stand, aus dem Weg geräumt und wir haben uns geküsst. Allerdings bringt ihr mich in Verlegenheit, wenn ihr jede Bewegung und jeden Kuss von uns beobachtet und kommentiert.«

Steffy verbarg ihr Grinsen hinter ihrer Hand. »Sorry. Wir halten uns zurück und lassen euch wieder ungestört turteln.«

»Keine Sorge, ihr müsst euch nur bis zum frühen Nachmittag beherrschen, dann entführe ich Merle für eine Stunde oder zwei.«

Erneut ging ein begeistertes Johlen durch die Runde, doch zum Glück kamen sie Merles Wunsch nach und widmeten sich wieder den Essensvorbereitungen.

Happy Xmas (War Is Over) von Gabrielle Aplin drang aus Steffys Box, als Merle und ich uns für unseren Ausflug anzogen.

Sie wickelte sich ihren Schal um den Hals, während uns Lia, Viola und Finn mit einem breiten Grinsen verabschiedeten.

»Willst du mir immer noch nicht verraten, was du vorhast?« Ihre Augen versanken in meinen und am liebsten hätte ich sie sofort in mein Zimmer getragen und erneut geküsst.

»Nope. Keine Chance, du erfährst es ja gleich.«

Ein aufgeregtes Schnauben drang zwischen ihren Lippen hervor, was mich zum Lachen brachte.

Wir verließen die Hütte und ich dankte dem Wettergott im Stillen für den strahlend blauen Himmel, während ich die Scheiben meines Autos freikratzte und Merle den frisch gefallenen Schnee vom Dach fegte.

Wir alberten herum, bewarfen uns gegenseitig mit einer Handvoll weißer Flocken, ehe wir einstiegen und ich die Adresse ins Navi eingab. Auf der Fahrt unterhielten wir uns über das Abendessen und darüber, was wir sonst normalerweise an Weihnachten aßen. »Würstchen mit Kartoffelsalat«, sagten wir beide gleichzeitig und lachten.

Ich parkte an unserem Zielort und stellte den Motor aus. Merle sah sich um, doch ich war mir sicher, dass sie noch nicht verstand, was wir bei diesem Bauernhof wollten oder was ich gleich mit ihr vorhatte.

»Du machst es echt geheimnisvoll.«

»In wenigen Minuten erfährst du es«, erwiderte ich zwinkernd und drückte kurz ihre Hand, ehe wir ausstiegen. »Ich hoffe, du hast keine Angst vor … Tieren.«

Ihr Blick huschte zu mir. »Ich mag keine Spinnen und ekle mich vor Schlangen, aber die hast du nicht gemeint, oder?«

»Nein, keine Sorge.« Gemeinsam näherten wir uns dem großen, halb offen stehenden Tor, hinter dem ich bereits jemanden reden hörte. Und Getrappel.

»Pferde?« Merle klang aufgeregt – allerdings auf die gute Art, was mich erleichtert aufatmen ließ.

»Ja.« Hätte sie Angst vor Pferden, wäre meine Überraschung ein Reinfall geworden. »Wir unternehmen eine Kutschfahrt.«

Sofort schlug sie ihre Hände vor den Mund und ihre Augen funkelten mich begeistert an, bevor sie mir um den Hals fiel. »So was wollte ich schon immer mal machen.«

»Dann habe ich ja alles richtig gemacht.«

»Das hast du. In so vielen Punkten … Danke!« Sie küsste mich flüchtig, ehe sie sich von mir löste, weil sich jemand ganz in unserer Nähe räusperte.

»Seid ihr wegen der Pferdekutschenfahrt hier?« Der Mann, der die beiden Pferde hielt, die bereits vor den Wagen gespannt worden waren, schaute uns an. Er war vielleicht Anfang bis Mitte fünfzig und seine grau melierten Haare lugten unter seinem Filzhut hervor.

»Genau, Lucas Forstner. Wir haben gestern telefoniert.« Ich schüttelte seine Hand.

»Sehr gut. Steigt ein und macht es euch bequem. Ich bin der Fritz und euer Kutscher. Kuschelt euch eng unter

die Decke, damit ihr nicht friert, und dann kann es auch schon losgehen.« Mit diesen Worten öffnete er das doppelflügelige Tor und stieg im Anschluss auf den Kutschbock.

Merles Mundwinkel zuckten, genau wie meine, als ich ihr in die Pferdekutsche half.

»Ich liebe den österreichischen Dialekt«, flüsterte sie mir zu, kaum dass wir saßen und uns gut in die gefütterte Decke eingewickelt hatten.

»Ich auch«, erwiderte ich und verschränkte meine behandschuhten Finger mit ihren.

»Hüa!«, dröhnte es vor uns und Fritz schnalzte zusätzlich mit seiner Zunge. Dann setzten sich die Pferde in Bewegung und zogen die Kutsche durch den knirschenden Schnee.

Wir fuhren auf einen nahe gelegenen Wald zu, und ich sog den Anblick der unglaublich schönen Landschaft in mich auf. Das traumhafte Glitzern der weißen Schneedecke, die eingeschneiten Bäume, deren Äste sich unter der schweren Last bogen. Dazu der strahlend blaue Himmel, die Berge und die Dörfer in der Ferne, deren Kirchtürme sich malerisch emporstreckten.

Das Schönste war allerdings, dass ich Merle neben mir wusste.

Ich wollte ihr gerade sagen, wie glücklich mich das machte, als sie mich ansah. »Als du in der Hütte angekommen bist, dachte ich, dass mir die schlimmsten Tage seit Langem bevorstehen.« Mein Herz zog sich bei ihren Worten zusammen. In mir regte sich der Wunsch, mich erneut bei ihr zu entschuldigen, doch Merle redete weiter. »Ich hatte keine Ahnung, wie ich bis zu unserer Abreise durchhalten soll, aber jetzt ...« Sie schaute von meinen Augen zu meinen Lippen und zurück. »Jetzt will ich nicht, dass der Urlaub morgen endet. Weil er sich zur vielleicht schönsten Zeit meines Lebens gewandelt hat.«

In meiner Brust wurde es eng und ich konnte nicht anders, ich musste unsere Finger lösen und mir einen Handschuh ausziehen, um meine Hand an ihre Wange zu legen. Sanft küsste ich sie, und als ich mich wieder von ihr löste, tobte ein Sturm der Gefühle in mir.

»Auch wenn es mir unsagbar leidtut, dass du die erste Zeit so empfunden hast, bin ich Jonas unglaublich dankbar, dass er mich eingeladen hat. Sonst wäre ich jetzt nicht hier bei dir. Und könnte nicht das machen ...« Liebevoll drückte ich meine Lippen auf ihre und neckte sie mit der Zunge. »Davon abgesehen kann ich dir versprechen, dass es mit dem Ende dieses Urlaubs nicht vorbei ist. Ich würde dich gern wiedersehen, dich noch besser kennenlernen. Will Zeit mit dir verbringen und ... Merle, ich bin verrückt nach dir. Ich wünsche mir nichts mehr, als mit dir zusammen zu sein. Vorausgesetzt natürlich, du möchtest das auch.«

Auf ihren Lippen lag ein bezauberndes Lächeln. Sogar noch, als ich mit diesem fast schon panischen Monolog fertig war.

»Das klingt, als würde sich mein Weihnachtswunsch erfüllen.«

Amüsiert runzelte ich die Stirn. »Ja? Der ist aber neu, oder?«

»Dafür umso stärker.« Sie grinste, dann tastete sie unter der Decke nach meiner Hand und ich spürte, dass sie sich ebenfalls die Handschuhe ausgezogen hatte, als sie ihre Finger zwischen meine schob.

Die restliche Fahrt war wie in einem kitschigen Märchen. Wir sahen ein paar Rehe und einen Hasen, der durch den Schnee hoppelte, um sich vor uns zu verstecken. Merle und ich küssten uns, bis uns ganz warm wurde, und sprachen über alle möglichen Dinge. Ich erfuhr, dass sie Disneyverfilmungen liebte und gerade *Emily in Paris* schaute. Dass sie gerne Romantasy las und hin und wieder auf TikTok versumpfte. Und ich erzählte ihr von meiner Vorliebe für mexikanisches Essen. Davon, dass ich früher immer Tierarzt werden wollte, ehe mein Kater Carlo in einen Kampf mit dem Nachbarskater verwickelt gewesen war und … nun ja, er hatte Carlo wirklich übel zugerichtet. Ich gestand Merle, dass ich hin und wieder Liebesdramen schaute und dabei regelmäßig heulte. Woraufhin sie bewegt meine Hand ergriff und mich küsste. Daraufhin versicherte sie mir, dass sie mehr Tränen als ich vergoss – was darin endete, dass wir verabredeten, das Ganze am zweiten Weihnachtstag zu testen. Wir einigten uns darauf, gemeinsam *Purple Hearts* zu schauen, der bei uns beiden auf der Watchlist stand. Nun konnte ich es nur noch weniger erwarten, nach Hause zu kommen und ungestört Zeit mit Merle zu verbringen.

24. DEZEMBER – MERLE

Ich würde auch so gerne eine Pferdekutschenfahrt machen.« Viola seufzte sehnsuchtsvoll und schielte zu Finn, der mit den Augen rollte und Lucas auf die Schulter klopfte.

»Danke, Mann, dass du die Latte so hoch gelegt hast.«

Ich konnte nicht anders, ich musste Lucas angrinsen, als er Besteck aus der Schublade holte, um den Tisch zu decken. Währenddessen schob ich die Karottenstifte in der Pfanne herum, die leicht zu karamellisieren begannen.

Aus dem Ofen duftete es bereits herrlich nach dem Braten und dem gefüllten Butternut, und ich konnte es kaum erwarten, gleich mit meinen Freunden zu Abend zu essen.

Jonas und Henry belegten gerade eine Platte mit Weintrauben und Käsestücken in Form eines Weihnachtsbaumes. Daneben hatten sie für die Vorspeise Tomaten- und Mozzarellascheiben nach Lias Anweisung wie eine Zuckerstange aufgelegt.

»Es war wirklich traumhaft, ich kann es euch echt empfehlen«, sagte ich und grinste Finn entschuldigend an, der kapitulierend seine Arme hob und wieder senkte.

»Vielleicht machen wir das ja nächstes Weihnachten gemeinsam«, schlug Steffy hinter mir vor.

»Nächstes Weihnachten?« Jonas runzelte die Stirn, wirkte dabei allerdings so, als hätte seine Schwester ausgesprochen, was er sich ebenfalls bereits gedacht hatte.

»Ja, ich hatte selten eine so schöne, entspannte Zeit vor und an Heiligabend. Ich bin stark dafür, diesen Urlaub im kommenden Jahr zu wiederholen.« Abwartend schaute sie in die Runde.

»Das klingt nach einer großartigen Idee«, meinte Lia, die mit Topflappen bewaffnet den Ofen öffnete, um den Braten und den Kürbis herauszuholen und letzteren mit der Füllung zu toppen.

»Ich bin dabei.« Henry hob seine Hand und Lucas tat es ihm gleich – allerdings nicht ohne mir tief in die Augen zu schauen.

»Ich ebenfalls«, erklärte ich und konnte nicht verhindern, dass mein Herz aufgeregt hüpfte. Weil Lucas damit indirekt gesagt hatte, dass er uns dann immer noch zusammen sah.

»Okay, ich starte eine Gegenfrage: Wer will kommendes Jahr nicht Weihnachten hier verbringen?« Steffy sah uns der Reihe nach an, doch ihr begegnete einvernehmliches Schweigen. »Gut, dann hätten wir das geklärt. Sobald wir zu Hause sind, kümmere ich mich um die Reservierung der Hütte.«

Alle redeten aufgeregt durcheinander über Pläne und Ideen für nächstes Jahr, bis Lia uns zu Tisch rief. Inzwischen hatte sie den Kürbis genau wie den Putenrollbraten mit einer Alufolie eingehüllt. Die Karotten hatte ich beiseitegeschoben und abgedeckt, die Kroketten brauchten noch etwas Farbe im Ofen und das Rotkraut duftete bereits herrlich.

Viola und Steffy hatten sich wirklich Mühe damit gegeben, auf das weiße Tischtuch eine traumhaft weihnachtliche Komposition aus frischen Tannenzweigen, getrockneten Orangenscheiben, Zimtstangen und vereinzelten roten Maschen mit goldenem Rand zu zaubern. *Rockin' Around The Christmas Tree* drang aus der Musikbox und ergänzte die perfekte Weihnachtsstimmung.

Jonas schenkte allen Sekt ein, als wir vor unseren Suppentellern saßen, ehe er sein Glas erhob. »Okay, Leute, ich bin echt schlecht darin, eine Rede zu schwingen, aber ... ich wollte euch sagen, wie froh ich bin, heute mit euch feiern zu können. Danke, dass ihr die letzten Tage zu etwas Besonderem für Steffy und mich gemacht habt und ... dass wir nicht Trübsal blasend zu Hause sitzen müssen. Auf euch, Freunde.«

Gerührt prostete ich ihm über den Tisch hinweg zu, genau wie alle anderen.

»Auf euch und unsere Freundschaft!«, schloss sich Steffy mit brüchiger Stimme an.

Ich legte den Arm um meine beste Freundin.

Dann holte sie tief Luft. »So. Genug mit den Rührseligkeiten. Frohe Weihnachten, Leute. Lasst es euch schmecken. Danke, Lia, dass du uns überredet hast, ein so leckeres Festmahl zu zaubern. Ansonsten hätte es Würstchen mit Kartoffelsalat gegeben«, sagte Steffy lachend.

»Es war eindeutig Teamwork«, hielt Lia dagegen. »Ohne eure Hilfe wäre das alles nicht möglich gewesen. Und jetzt esst, bevor es kalt wird!«

Das ließen wir uns nicht zweimal sagen.

Ich tauchte meinen Löffel in die cremige Süßkartoffelsuppe, in der knusprige Croûtons schwammen, und hatte gleichzeitig meine Finger mit Lucas' verschränkt.

»Ich bin so pappsatt, ich glaube, ich brauche einen Schnaps. Zur Verdauung«, fügte Finn an, als er einen schiefen Blick von Viola kassierte.

»Oh, da schließe ich mich an«, sagte Lia mit unschuldigem Grinsen.

»Okay, wer möchte noch?«, fragte Viola in die Runde, woraufhin alle ihre Hände hoben. Schon holte sie acht Schnapsgläser aus dem Schrank und schenkte von den Schnäpsen ein, die Finn und Lia mitgebracht hatten.

Ich entschied mich für einen Nussschnaps, Lucas wollte den Zirbenbrand probieren. Als ich an meinem Glas nippte, stieg mir süßlich-würziger Geruch in die Nase, der Geschmack explodierte auf meiner Zunge. Wärme breitete sich in Hals und Magen aus, ohne unangenehm zu brennen oder dass ich das Gefühl hatte, etwas nachtrinken zu müssen.

Lucas hingegen kniff die Augen zusammen und schüttelte sich, nachdem er das Schnapsglas geext hatte. Hustend klopfte er sich gegen die Brust, ehe er mich anschaute.

»Und?«, wollte er mit heiserer Stimme wissen.

Putenrollbraten

Zutaten

30 g Cranberrys
25 g Pecannüsse
2 kleine Zwiebeln, gewürfelt
50 g Speckwürfel
Olivenöl
1 Bio-Orange
100 g Knödelbrot
50 ml Milch
2 Eier
Salz, Pfeffer
1,3 kg Putenbrust (ohne Haut)
Mehl zum Bestäuben plus 40 g Mehl für die Soße zum Binden
1 TL Tomatenmark
600 ml Geflügelfond
150 ml Portwein

Zubereitung

Heize den Backofen auf 180 °C Umluft vor.
Hacke Cranberrys und Pecannüsse grob. Dünste die Hälfte der Zwiebeln mit dem Speck in wenig Öl glasig und stelle sie beiseite. Wasche die Orange und reibe die Schale fein ab.

Vermenge Knödelbrot mit der Milch, gib Zwiebel- und Speckwürfel, Orangenschale, Cranberrys, Pecannüsse und Eier darunter, würze mit Salz und Pfeffer und verknete alles.
Schneide die Putenbrust waagrecht längs auf, an einer Seite aber nicht ganz durch. Klappe das Fleisch auf und rolle es aus. Verteile die Füllung auf dem Fleisch, rolle es längs auf und binde es mit Küchengarn zu. Wende es in Mehl und klopfe es gut ab.

Brate das Fleisch in einem Bräter rundherum in Öl an und lege es beiseite. Röste die restlichen Zwiebeln und das Tomatenmark im Bratensatz, gib den Braten dazu. Gieße mit heißem Geflügelfond auf.

Lass den Braten zugedeckt ca. 60 Minuten schmoren. Reduziere dann die Hitze auf 160 °C, übergieße eventuell noch mit etwas Fond und lasse ihn weitere 45 bis 60 Minuten schmoren, bis das Fleisch gar ist.

Nimm den Braten aus dem Bräter und decke ihn mit Alufolie zu. Gib Portwein in den Bratensaft. Vermenge 40 g Mehl mit etwas Bratensaft, gib es zum restlichen Bratensaft. Lass ihn noch einmal aufkochen, bis die Soße sämig ist. Serviere den Braten mit der Soße.

»Meiner war besser«, erklärte ich, ohne seinen probiert zu haben. Ich griff nach seinem Glas und roch daran. Ein herber, fast harziger Geruch drang in meine Nase und ich war froh über meine Wahl.

»Lass mich probieren«, sagte er, dann lagen seine Lippen schon auf meinen. Seine Zunge tauchte in meinen Mund und ich bekam eine ungefähre Ahnung davon, wie sein Schnaps geschmeckt haben musste.

Lucas summte genüsslich, ehe er sich wieder von mir löste.

»Seid ihr fertig mit dem Knutschen? Ich wäre nämlich bereit für die Bescherung!«, rief Jonas über den Tisch hinweg und rieb sich lächelnd die Hände.

»Erst wird abgewaschen, dann gibt es Geschenke.« Steffy schaute Jonas streng an, und da sich Henry, Lucas, Lia und ich anschlossen, kapitulierte er. Er brummte etwas von Spaßbremsen, stand aber trotzdem auf und innerhalb kürzester Zeit hatten wir gemeinsam für Ordnung in der Küche und am Esstisch gesorgt.

Die elektrischen Kerzen erhellten den Weihnachtsbaum, unter dem kleinere und größere Päckchen lagen. Wir hatten im Vorfeld gewichtelt und jeder von uns würde einem anderen heute ein Wichtelgeschenk überreichen. Dass es jedoch acht Weihnachtsgeschenke waren, und nicht sieben, machte mich stutzig.

»Ich hab mein Geschenk erst einen Tag vor der Abreise besorgt. Meinen Namen, den ich gezogen habe, hab ich an Lucas weitergegeben und … na ja, er weiß jetzt, dass ich sein Wichtel bin«, erklärte Jonas.

»Na super, Überraschung ade«, murrte Lucas theatralisch und grinste.

»Leute, wir müssen erst noch Weihnachtslieder singen, bevor wir die Geschenke überreichen«, mischte sich Steffy ein, als Finn bereits nach einem der bunten Päckchen greifen wollte.

Ein paar meiner Freunde – größtenteils die männlichen – stöhnten auf, doch Steffy ließ sich nicht davon abbringen. Im Gegenteil, sie verteilte Liedertexte von *O Tannenbaum* und *Alle Jahre wieder*. Und weil ich diese Tradition ebenfalls liebte, stellte ich mich neben sie und stimmte das erste Lied mit ihr an.

Es rührte mich, dass wir gleich darauf alle gemeinsam sangen. Ich spürte das fiese Brennen in den Augen und ließ mich gegen Lucas sinken, der von hinten seine Arme um mich legte.

Mein Blick wanderte über meine Freunde zum Weihnachtsbaum, quer durch die Hütte, wo die Sterne auf den Fensterbänken warmes Licht spendeten und das Feuer im Kamin prasselte. Und ich konnte mich nicht erinnern, wann ich je ein so schönes Weihnachten erlebt hatte.

Die Tränen liefen mir über die Wangen, ohne dass ich etwas dagegen hätte unternehmen können.

Ein Blick zu Steffy und Jonas verriet mir, dass es ihnen nicht anders ging. Auch Henry fuhr sich mit der Hand schnell über sein Gesicht und Finn und Viola hielten sich eng umschlungen, als der letzte Ton verklungen war.

»Frohe Weihnachten«, raunte mir Lucas ins Ohr. Seine Stimme klang belegt, und als ich mich zu ihm umdrehte, konnte ich erkennen, dass seine Wimpern ebenfalls feucht waren.

»Frohe Weihnachten, Lucas«, flüsterte ich lächelnd.

»Alles okay?« Sorge lag in seiner Stimme.

Ich nickte. »Mir ging es nie besser.«

Endlich wirkte er erleichtert. »Dann ist es ja der perfekte Zeitpunkt, dir dein Geschenk zu überreichen.« Mit diesen Worten bückte er sich und gab mir ein längliches rotes Päckchen mit goldener Schleife. »Na los, mach es auf«, bat er, und irgendwie klang er nervös.

Wie süß!

Mit zitternden Fingern kam ich seiner Bitte nach und beförderte eine Coffee-to-go-Tasse ans Tageslicht.

»Als ich von Jonas den Zettel mit deinem Namen bekommen habe, hab ich diesen Becher besorgt, in der Hoffnung, dass du damit wieder ins *KaleidosCup* kommst. Weil ich … nun ja, ich hatte gehofft, dich wiederzusehen.«

»Du wolltest mich wiedersehen?«, wiederholte ich ungläubig, während es warm in meiner Brust wurde.

»Ja, den Grund, warum du nicht mehr ins Café kommst, kannte ich nicht. Zwar habe ich gehofft, dich zufällig zu treffen, wenn ich etwas mit Henry, Jonas und Finn unternommen habe, aber das hat leider nie geklappt. Obwohl die Jungs oft von dir und Steffy erzählt haben.«

Verlegen wich ich seinem Blick aus. »Na ja, sobald ich erfahren habe, dass du auch dabei bist, ist mir immer was dazwischengekommen.«

Lucas schnappte nach Luft, doch bevor er etwas dagegen hätte sagen können, küsste ich ihn.

»Jetzt hat sich das ja erledigt«, erwiderte ich und schaute mir den Becher genauer an. Merle stand in weißer Schrift auf türkisem Hintergrund – meiner Lieblingsfarbe, und – zack – hatte ich schon wieder Tränen in den Augen. »Danke, ich liebe ihn und komme natürlich ins *KaleidosCup*, um dich zu sehen.«

»Nur dorthin?«, fragte Lucas und sah mich unglaublich süß an.

»Nicht ausschließlich«, erwiderte ich und drückte meine Lippen auf seine. Denn mir war klar, dass uns eine traumhaft schöne Zukunft bevorstand. Eine, die wir miteinander und zusammen mit unseren Freunden genießen würden.

Ich schaute mich um und wusste, wie glücklich ich mich schätzen durfte, diese wunderbaren Menschen in meinem Leben zu wissen. Und Lucas ab sofort auch an meiner Seite …

MIX
Papier | Fördert gute Waldnutzung
FSC® C018236
FSC
www.fsc.org

Lektorat: Christin Ullmann
Gesamtgestaltung: Kristian Kimmel
Satz: Daniela Schulz
Composing der Illustrationen von Kristian Kimmel unter Verwendung von Freepik-Designs
Gesamtherstellung: Drukarnia Dimograf Sp. z o.o, Bielsko Biała
ISBN 978-3-629-01061-2
www.pattloch.de

2 4 5 3 1